TADJOURA

DU MÊME AUTEUR

Le Bord des larmes, Grasset, 1955.

Le Marché Commun, Presses Universitaires de France, 1958.

La mer est ronde, Le Seuil, 1975, et Gallimard, 1981, nouvelle éd. 1996, Folio, 1992, Prix de la Mer.

L'Europe interdite, Le Seuil, 1977, nouvelle éd. augmentée : *La Découverte de l'Europe*, Le Seuil, 1994.

Deux heures après minuit, Grasset, 1985, Marabout, 1986.

La Désirade, Olivier Orban, 1989, Pocket, 1990.

Un héros très discret, Olivier Orban, 1989, Pocket, 1991, Prix du Meilleur Scénario au Festival de Cannes 1996.

L'Empire nocturne, Olivier Orban, 1990, Pocket, 1991, Grand Prix Paul Morand de l'Académie française.

Ce que je crois, Grasset, 1992, Le Livre de Poche, 1994.

Le Secret du roi des serpents, Plon, 1993, Pocket, 1994.

Mémoires de 7 vies : I. *Les Temps aventureux*, Plon, 1994, Prix des libraires, II. *Croire et oser*, Plon, 1997, Pocket, 1999.

L'Atlantique est mon désert, Gallimard, 1996, Prix Saint-Simon.

Le Bureau des secrets perdus, Odile Jacob, 1998, Prix Agrippa d'Aubigné.

JEAN FRANÇOIS DENIAU

TADJOURA

Le Cercle des douze Mois

HACHETTE
Littératures

Toute personne qui croirait se reconnaître ou reconnaître quelqu'un dans ce récit est priée de se reporter à la couverture où est imprimé très clairement le mot : roman.

A...

1

L'Homme Sauvage

L'un était ancien ambassadeur, l'autre chef cuisinier. L'un policier naguère fameux, l'autre coureur des mers. L'un obscur fonctionnaire international, l'autre play-boy sur le retour. L'un homme d'Eglise, l'autre sans état défini. Même entre nous subsistaient de vastes zones d'ombres. Au Cercle, la bonne éducation britannique s'appliquait : on ne pose pas une question dont on ne connaisse déjà la réponse, règle qui avait permis à la reine Victoria de bâtir à l'est d'Aden le plus grand empire du monde.

Nous étions tous des aventuriers. Tous nous avions un jour quitté le convoi, puisque telle est la définition maritime de l'aventure. Pour voir ailleurs, plus loin, autrement, comment était la vie. Nous aimions raconter la vie. Notre malheur était que nous étions vieux, le plus jeune d'entre nous, Décembre, avait la quarantaine passée. L'homme peut, sans trop de mal, se donner l'impression de dominer l'espace en courant de l'Indochine à l'Amérique centrale et du pôle Nord à la Terre de Feu, voire en posant le pied sur la Lune et en tournant dans la stratosphère entre les astres. La découverte des continents et le bonheur de nommer pour la première fois une île au loin sont malheureusement d'une autre ère. Courir après son ombre reste une passion de tous les temps. Seul le temps gagne.

Un soir, à propos du programme du mois suivant, le mot « demain » était venu dans la conversation. Avril, qui est pasteur de l'Eglise luthérienne d'Alsace, avait cité Victor Hugo interpellant Napoléon :

« Mais tu ne prendras pas Demain à l'Eternel ! »

Nous sommes des hommes trop vieux demeurés des enfants. Les invocations politiciennes à la jeunesse sont particulièrement détestables. Le monde ne se partage qu'entre les déjà vieux et les encore enfants. Partage est excessif. Comment faire le tri, tracer une frontière ? Seules les femmes sont adultes et chaussent naturellement les chaussures à talons de leurs mères. Elles ont la responsabilité, pourrait-on dire, dans le sang. Avec la vie. Les hommes sont des enfants plus ou moins bien prolongés. C'est pourquoi les femmes les aiment parfois et quelquefois leur pardonnent. L'ai-je déjà dit ? Il n'y avait pas de femme au Cercle.

Plusieurs d'entre nous avaient eu, au cours de ce siècle, dans notre société, de grandes responsabilités. Ils avaient été témoins ou acteurs de grands événements, conseillers des grands de ce monde et même, pour l'un d'eux, sans doute l'un de ces grands. D'autres avaient pris beaucoup de risques. La loi absolue du Cercle était de n'évoquer que des souvenirs précis, des exemples concrets, des épisodes vérifiables, et qui aient un sens.

Des leçons de vie, comme on disait autrefois à l'école des « leçons de choses ». Une sorte de physique appliquée à l'anecdote pour débusquer dans leurs refuges le rêve et l'illusion qui aident certains à oublier leur âge. Mais qui peut oublier le temps ? Merlin, l'enchanteur des romans de la Table ronde, apparaissait le plus souvent comme un enfant au regard étrangement éclairé et à la voix trop grave. Comme des enfants, nous nous racontions les aventures enchantées de notre passé.

L'homme n'a qu'un ennemi, le temps. Juin, qui était professeur agrégé d'histoire et géographie, précisait que la géographie est une science et l'histoire un art. Ce n'était pas pour lui un compliment. Et celui d'entre nous qui avait été un très grand alpiniste vainqueur de l'Himalaya ajoutait encore : un homme peut conquérir la terre dans ses plus violents sursauts, les montagnes. Et la mer. Et le vent. Et bien sûr, le feu (pour parler d'un ménage, d'une famille, d'une maison, les statisticiens les moins passéistes disent encore de nos jours un foyer). Mais pas le temps qu'il fait, le temps qui vient, le temps qui passe. Le danger, dans l'Himalaya, ce n'est pas la roche ni la glace, mais le temps, le temps perdu, le temps qui change. Celui qui était navigateur, recordman de l'Atlantique, ajoutait : « Comme en mer. » Et tous ceux qui étaient vieux pensaient « comme pour nous ».

Merlin apparaissait aussi en Homme Sauvage, géant hirsute et repoussant, à la tête énorme, aux yeux globuleux, à la bouche fendue d'une oreille à l'autre. Il était

suivi docilement d'animaux aussi méfiants qu'inatte-
lables, cerfs, daims, loups gris, renards. Il portait sur ses
épaules une truie rousse à taches noires qui ne cessait de
grogner. Fils d'un démon incube, Merlin connaissait le
passé et l'avenir, lisait dans les pensées, interprétait les
rêves.

Le grand empereur de Rome ne dormait plus et vingt
fabricants de couches impériales s'étaient succédé sans
pouvoir lui rendre le sommeil. Il n'écoutait plus ses
conseillers, vêtus de sinople pour ceux qui étaient
chargés d'argumenter en faveur du oui, et d'amarante
pour ceux qui avaient mission de recommander le non.
Il ne donnait plus d'ordre à ses ministres en robe de vair,
ne riait plus avec ses compagnons cousus d'or et d'argent. Il ne gouvernait plus l'empire. Dans une nuit de
cauchemar, il s'était vu dévoré par une troupe de jeunes
porcs conduits par leur mère. Sage ou devin, personne
n'avait pu interpréter son rêve et le pouvoir suprême
allait à l'abandon, pour le plus grand malheur du
peuple. Un cerf immense pénètre alors dans la salle du
trône après avoir franchi toutes les enceintes et esquivé
tous les gardes. Il dit à l'empereur que seul l'Homme
Sauvage peut lui apporter la vérité. L'écuyer préféré de
l'empereur à l'œil si vif au faucon, à la main si sûre à la
chasse, très beau, très pur, cet écuyer, lui seul sera
capable de capturer l'Homme Sauvage au cœur de la
forêt. Et l'Homme Sauvage, capturé, révélera la vérité.

L'impératrice, si belle, si douce, si fidèle, si noble, elle
est fille de roi, tant louée des poètes et modèle de nos
cours, n'est qu'une putain assoiffée du corps des jeunes

gens. Ses merveilleuses demoiselles de compagnie, aussi ravissantes que vierges, sont douze jeunes gaillards choisis par elle pour leur virilité, vêtus de longs voiles flottants qui mettent en valeur leur gorge tout en cachant ce qui doit l'être plus bas. Leur principal souci est de mesurer leur voix au rire de cristal, de soigner leurs boucles blondes et surtout de s'épiler le menton où la barbe a trop tendance à pousser avec la vigueur de l'âge. La moitié de la nuit, ils s'arrachent les poils entre eux. L'autre moitié, ils se roulent dans la luxure avec l'impératrice. Leur peau nourrie de lait et d'onguents est si douce qu'elle éclate au seul bruit du fouet. Tous avouent avant la première torture. Ils ne regrettent rien. Ils disent avoir connu le bonheur de leurs cinq sens. On leur creva les yeux qui avaient vu l'impératrice nue. On leur coupa les oreilles qui l'avaient entendue crier de plaisir. On leur coupa le nez qui avait respiré son parfum ; et on leur arracha la langue qui avait connu ses lèvres. On leur coupa les mains qui l'avaient caressée. Puis on les pendit, ou ce qui en restait. A l'impératrice, le bourreau trancha les seins qui lui furent cousus dans la bouche comme si elle les mangeait. Puis on lui oblitéra le sexe en y versant un liquide brûlant de cire d'abeille et d'or en fusion. Ensuite, on la décapita. Elle était quand même de sang royal.

Alors que l'empereur remerciait l'Homme Sauvage de lui avoir expliqué l'horrible songe, Merlin éclata de rire et dit à l'empereur qu'il n'avait pas fini de se réveiller. Son écuyer préféré, si habile aux armes et à la course, qui seul avait pu le capturer, était une jeune femme travestie en homme qui avait fui le domicile de son père pour échapper à sa passion incestueuse. Surprise. Emotion. Scandale.

« Mais que doit faire l'empereur, Homme Sauvage ?

— L'épouser. »

Par chance, il était veuf, depuis peu, on l'a vu, et elle était de sang royal. Merlin disparut de nouveau, les uns disent sous l'aspect d'un cerf immense, les autres d'un mendiant lépreux courbé par les ans.

Et nous étions douze anciens aventuriers des jungles, coureurs des océans, vieux fonctionnaires des secrets, enfants de l'Homme Sauvage attachés à ses pas pour entendre nos songes.

Comme douze mois. Douze n'a pas les vertus de sagesse du sept, l'ésotérisme du huit, la magie créatrice du neuf, la simplicité arithmétique du dix qui a remplacé le vingt, doigts des mains et des pieds, dans notre base de compte. (Il n'en reste que notre façon assez arriérée à nous Français hexagonaux de dire quatre-vingts et quatre-vingt-dix. Et aussi bien sûr, l'hôpital de trois cents lits fondé par Saint Louis : les Quinze-Vingts.) Douze est aussi une façon traditionnelle de compter dont l'usage subsiste pour les œufs de poule et les signes du zodiaque. Va pour douze. Il fut retenu sur l'avis de Mars, illustration de la cuisine française et abonné aux trois étoiles. Il avait relancé l'ancienne coutume des tables d'hôtes où pouvait prendre place tout client de passage. Il veillait chez lui à la qualité du service comme à celle des propos. « Douze, c'est le chiffre maximal pour une conversation générale. Au-dessus, je fais dresser une autre table. »

« La plus grande fête de notre calendrier, ajoutait Février, qui était un libraire-éditeur régionaliste de renom et avait été un terroriste amateur dans les années soixante, la plus grande fête est la nuit du 31 octobre au 1er novembre que les Américains d'aujourd'hui appellent Halloween. Jadis, dans l'univers immense des Celtes, du Danube à l'Irlande, elle marquait la nouvelle année : une sorte d'hésitation dans le temps où se confondaient le monde des morts et celui des vivants. La religion catholique la fête toujours au nom de la Communion des saints. C'est la nuit où les tombes s'ouvrent et où, en se regardant dans une glace, on voit par-dessus son épaule un visage inconnu. Combien de temps peut-on tromper le temps ? Une nuit. Ainsi parlions-nous entre nous, douze hommes, pour prolonger la nuit.

Ainsi s'organisèrent nos conversations, une fois par mois. L'habitude pour chacun de nous de prendre un nom de mois, clin d'œil à la clandestinité que plusieurs avaient connue, répondait peut-être au désir inavoué d'être d'autres hommes, vivant encore une autre vie. Très vite, les règles furent fixées : à chacun, tour à tour, chaque mois, de raconter une histoire extraordinaire, exemplaire et vraie. Vraie. Parce que la vie est plus belle, plus passionnante, plus stupéfiante que toutes les fictions. Malheur à la littérature. Haine au roman. Victoire à la vie.

Parfois le président coupait court, retirait la parole. Les témoignages ne devaient être ni des plaidoyers ni des réquisitoires. Eloquence interdite. Plusieurs d'entre nous avaient appartenu à des camps violemment opposés, pour les plus anciens à la fin de la dernière guerre mondiale ou lors des événements d'Algérie, pour les plus jeunes sur les barricades de Mai 68. Nous n'ignorions pas que l'un de nous était compagnon de la Libération et qu'un autre, engagé à dix-sept ans, avait été *Hauptschachführer* dans la Waffen SS. Sans aller jusqu'à rouvrir les vieilles plaies de la guerre, il y avait aussi quelques haines personnelles bien recuites : le monde de l'aventure est étrangement petit, rares sont les hommes de responsabilité et d'audace, toutes origines ou fonctions confondues, et souvent leurs routes se sont croisées. Leurs routes, leurs pistes ou leurs sillages. J'ai lu quelque part cette loi : « Plus un corps social est restreint, plus les haines y sont fortes. » Entre les paléontologues, elles sont à couper à la hache.

La règle était de n'évoquer ce qui pourrait nous diviser que sur le mode le plus froid et d'un ton seulement technique, comme les aviateurs parlent de leur métier et de leurs combats. Azimuts, angles, altitudes, températures, visibilités, kilomètres-heure, mélange de carburant et degré d'octane. C'est pourquoi ils appréciaient si peu Saint-Exupéry, qui, à tous ces chiffres reposants pour l'esprit, mêlait de la littérature, je veux dire du sentiment. Piloter ou aimer, il faut choisir. Est-il clair que, lors de nos dîners mensuels, nous parlions peu des femmes ? Le mot amour n'avait jamais été prononcé.

Jusqu'au jour où... Mais c'est justement le cœur et la trame de ce récit qui nous conduira, en janvier, jusqu'à Tadjoura la mystérieuse. Pour ce mois, c'est à Juillet de raconter.

2

JUILLET

Pose et dépose

Juillet, qui était capitaine de frégate (CR), avait cru distrayant de fixer le lieu de rendez-vous en données maritimes, 2°16'21" de longitude Est, 48°54'37" de latitude Nord. Il était relativement facile de découvrir qu'il s'agissait de la banlieue parisienne et de la commune de Bois-Colombes, parages de la place Jean-Jaurès. Mais on était loin d'en avoir fini avec les difficultés de navigation, dans la cohue des départs en vacances et du jour de marché. A la sortie de Paris par la porte d'Asnières, un panneau des Ponts et Chaussées annonçait : « Bois-Colombes centre 5 km. » Quelle option choisir alors que d'autres panneaux indiquaient *Colombes déviation*, ou même *Bois-Colombes itinéraire recommandé* ? Plusieurs membres du Cercle retournèrent à leurs cartes et tentèrent de découvrir, entre les bus et les voitures de livraison garées en double file, si le trottoir appartenait ou non à la Nationale 309. Certains dérivèrent sur la 310, qui conduisait aussi à Bois-Colombes, mais en passant par Clichy. En banlieue parisienne, il semble qu'il y ait des courants, voire des marées. Pourquoi la lune n'aurait-elle d'influence qu'au bord de la mer ?

D'autres membres, dans un esprit de navigation philosophique que les gnostiques d'Alexandrie au IIIe siècle n'auraient pas refusé, se donnèrent pour repères les localités où il ne fallait *pas* aller, naviguant ainsi non pas vers le port mais à éviter les écueils. Le bon cap, c'était à chaque carrefour de refuser Asnières à bâbord, Villeneuve-la-Garenne à tribord, et surtout La Garenne-Colombes (le plus dangereux car le plus près de la vérité). Seuls les pratiques locaux s'y retrouvaient aisément. Pour les autres, les hautes cheminées de Gennevilliers constituaient un bon amer dans le Nord-Est. Il suffisait de naviguer à deux quarts à l'ouest des cheminées. Encore la circulation était-elle si dense que la visibilité était parfois plus réduite qu'en mer d'Iroise. Plusieurs membres du Cercle pensèrent que, une fois de plus, Juillet, qu'on appelait aussi le Marquis, en faisait trop. Ils n'eurent plus aucun doute en découvrant, à l'angle de la place Jean-Jaurès, le portier du Jockey-Club qui, en extra, indiquait fort civilement où se trouvait la rue Edouard-Vaillant, numéro 27 *bis*.

C'était un pavillon en meulière à toit rouge de tuiles mécaniques, typique de la moyenne banlieue. Aucune pièce n'étant assez grande pour recevoir une table de douze convives, des tréteaux avaient été dressés dans le jardinet, entre perron en ciment et abri à outils. Une toile de camping protégeait d'une averse, peu probable en cette saison, mais au moins du regard plongeant des habitants des pavillons voisins. Le président Janvier s'assit en soufflant, renâclant, grattant, éructant, grimaçant en bout de table.

Ceux qui le découvraient pour la première fois voyaient avec surprise un gros bonhomme, gros de nez, de front, de bras, de torse, de jambes, de pieds. Et toute cette grosseur apparaissait d'autant plus que les yeux étaient minuscules, même pas deux taches de lumière, seulement deux rais, incolores, concentrés et précis à faire peur. Quant à la bouche, elle était aussi minuscule, serrée, mince et paraissait encore plus mince par contraste avec la grosseur générale de la figure. Le président du Cercle des douze mois avait une vue à regarder par un trou de serrure et une bouche à sucer du sorbet à la fraise. Mais ç'aurait été une grave erreur de le croire porté sur le détail ou la friandise. Il passait pour avoir été longtemps le vrai patron des services secrets français.

Quand tous les invités furent assis, Juillet, le conférencier du mois en face de lui, il sirota l'air ambiant, le recrachota plus ou moins et dit : « Mois de Juillet. La séance est ouverte. » En même temps il avait sorti son *masbaha* à grosses boules d'ambre qu'il ne quittait jamais et s'en était servi comme marteau pour taper sur la table. Un jour, quelqu'un, le voyant jouer avec ce chapelet d'usage si fréquent au Proche-Orient pour occuper les mains, avait remarqué : « Ah oui, vous vous y êtes mis aussi, cela aide pour arrêter de fumer. » Il avait susurré en réponse : « Je n'ai jamais fumé de ma vie. Mais je ne déteste pas que l'on croie que j'ai assez de volonté pour avoir cessé. » Le président Janvier tapa de nouveau sur la table et dit : « L'ordre du jour appelle le souvenir de notre regretté Août. Puis le vote pour son remplacement, qui aura donc lieu tout de suite, le calendrier étant ce qu'il est. Puis l'intervention de Juillet. Article 11, il n'y aura ni recueillement en faveur des disparus, ni minute de silence. Pour évoquer une vie, c'est toute une vie qu'il faut. Si on est sérieux. »

J'avais souvent pensé à Août qui était un grand aviateur et gai compagnon. Il était célèbre notamment pour avoir été porté disparu au cours d'une mission en 1943 sur la Libye. Après le délai convenable, un service funèbre fut célébré à Saint-Louis-des-Français, au Caire. Gaston P... était chargé de l'éloge. Conformément aux traditions, pour la péroraison, il se tourne vers le catafalque (vide) recouvert du drapeau tricolore : « Non, Hervé, tu n'es pas disparu, ta mémoire est avec nous, le souvenir de ton courage et de ta joie est toujours présent, etc. » A ce moment-là, quelqu'un se dresse dans l'église et dit d'une voix forte : « Gaston, je ne vous ai jamais autorisé à me tutoyer. » C'était Hervé, miraculeusement sauvé et revenu. Mais je n'ai le temps de revoir qu'une image, celle d'Hervé sur son lit de mort. Il vient de refuser une nouvelle intervention chirurgicale. Plus rien n'a de sens. Deux larmes coulent du bord de ses yeux, hésitent dans les rides. Il pleure de quitter cette vie qu'il aimait tant.

Le président Janvier tape la table de son chapelet d'ambre. « Pour remplacer Août, plusieurs d'entre nous ont avancé un nom. Avant de le mettre au vote, je rappelle les articles 2 et 4 *ter* de notre règlement. Tous ici, à des titres divers, nous sommes beaucoup engagés au cours de notre existence. Sera exclu du vote celui qui prétendrait contre toute vraisemblance ne pas avoir engagé sa voix. Appel nominal. Je commence par Février.» Et chacun à son tour répond « non ». La rumeur lourde de la circulation passe les murs du jardinet. Un coup de frein la transperce. Mai demande la parole.

« Monsieur le président, après avoir longuement discuté, les Mois fondateurs avaient décidé d'écarter entre nous les termes de collègue ou de confrère, déjà accaparés par l'Académie, les professions libérales et les clubs de province. J'avais proposé sans succès celui de conférencier, même s'il est du même noble radical que conférer un ordre. Dans les usages diplomatiques, on distinguait d'ailleurs les conférences où les ambassadeurs et ministres étaient plénipotentiaires sans nécessiter de nouvelles accréditations... »

Mai avait appartenu au corps diplomatique. Le président tapota la table de son chapelet.

« Je fais court, président. Si le vote est positif, comment appellerons-nous Août ?

— Août, dit le président. Autre question ?

— Août, c'est un nom bien viril », dit Mai.

Mai était barbu et fumait la pipe. Ce double aveu de faiblesse avait failli lui coûter son élection. Il avait été décidé à l'époque d'y voir plutôt la fraîcheur de l'innocence.

« Oui, insista Mai. Août, c'est l'été triomphant, le soleil au zénith, la victoire.

– C'est aussi l'ombre derrière les persiennes closes, répondit Octobre. Et le mystère. »

Janvier interrompit la discussion.

« Rien dans le règlement ne fait allusion au genre des membres, même si ce Cercle a toujours été intégralement masculin. Je rappelle que plus d'une croix ou de deux bulletins blancs est un vote négatif, qui ne donne pas lieu à un second tour. Et – mais est-ce bien la peine de le rappeler ? (le président Janvier, l'œil quasi clos, laissa passer entre ses lèvres serrées un sifflement) – que le candidat est une femme. Le vote est ouvert. »

Après dépouillement, il y avait un bulletin blanc et une croix. Au second tour, le maintien d'une croix était éliminatoire. Il y eut seulement un bulletin blanc. C'est ainsi qu'Août entra dans notre Cercle des Mois.

« D'abord, dit Juillet, je dois justifier du lieu de notre réunion. Pour raconter une vie tout à fait extraordinaire, j'ai pensé qu'un cadre moyen, au milieu de Français moyens, dans une banlieue (et la banlieue est le plus petit dénominateur commun entre la ville et la campagne) particulièrement moyenne, s'imposait. L'anecdote exemplaire et vraie qui nous est imposée par notre règlement n'en ressortirait que mieux.

– L'enfer », grommela le président en fermant un bouton de plus de la veste à carreaux qui le boudinait, ce qui mit en valeur sa cravate jaune sur fond de chemise mauve. Il avait le mauvais goût vestimentaire agressif. Revanche d'obèse sans doute.

Juillet fit comme s'il n'avait pas entendu.

« Nous avons pour dîner du saucisson de qualité moyenne, un steak moyennement à point et des frites moyennement molles. Le côtes-du-rhône que nous boirons est moyen.

– Juillet, vous avez un avertissement, le coupa le président. L'exagération est ici strictement interdite. Article 3. Y compris dans la médiocrité. »

Il y eut des sourires. Juillet irritait. Comme on dit au théâtre, il avait tendance à en « rajouter ». Portant l'un des noms les plus illustres de l'armorial français, il aurait aimé se faire passer pour un voyou. Sans pourtant qu'on le croie tout à fait. L'un des Mois ayant décrété pour son dîner le port obligatoire de l'habit – cravate blanche, queue-de-pie et décorations – nous nous souvenions qu'il portait au col le plus prestigieux de tous les ordres, la Toison d'or. Ayant considéré sa place à table, il l'avait enlevé avant de s'asseoir et posé sur la table en disant : « Moi, je peux accepter d'être assis n'importe où. Pas mon petit mouton. » On le savait dans les affaires sans pouvoir dire si sa fortune était immense ou s'il payait son loyer en louant ses services comme valet de chambre à des Américains riches et snobs. Il lui arrivait de commencer une phrase en disant : « La deuxième fois que j'ai fait faillite... » ou « La première fois que je suis sorti de prison... » Je l'avais croisé en Amérique latine où il menait grand train sous un autre nom, sans avoir renoncé à la particule. Que croire ? Notre règle absolue

29

était de ne pas tricher. Notre Cercle des Mois et ses anecdotes exemplaires perdaient tout leur sens si l'un de nous se permettait d'embellir tant soit peu son récit, « d'arranger ». Cela voudrait dire que la littérature vaut mieux que la vie. Nous n'aurions plus qu'à nous dissoudre, nous les acharnés à vivre. On le surveillait donc.

Juillet toussa et reprit un ton plus bas :

« Je voulais seulement rappeler que tout est possible dans nos existences, en apparence les plus ternes. La banalité n'a pas force de loi. Je suis désolé pour ceux qui ont eu du mal à trouver l'adresse ou rechignent sur la qualité de la moutarde, mais mes intentions étaient pures.

– Seigneur, dit Avril, Seigneur, épargnez-nous les intentions. »

Avril était, comme je l'ai dit, un pasteur de l'Eglise d'Alsace plutôt conservateur, ce qui, dans sa corporation, était rafraîchissant. Nous l'aimions beaucoup.

Alors Juillet commença à raconter. J'ai oublié de le décrire. Il portait des cols anglais très hauts. Il se trouvait trop petit.

« Il est aussi dans nos règles d'indiquer comment on a connu celui dont on va raconter la vie, brièvement et sans pour autant raconter la sienne. A Tanger, dans les années cinquante. Fantastique Tanger de l'époque ! Un invraisemblable statut datant de 1920, sous l'autorité nominale du sultan, donnait tous pouvoirs aux "puissances" étrangères représentées par une commission quadripartite pour gérer la ville et le port, abri de tous les trafics et refuge de toutes les pègres. Pour savoir ne pas voir, la police éclipsait en réputation celle de la concession internationale de Shanghai, qui a pourtant laissé de profonds souvenirs. Dans l'imaginaire de l'interlope, il y a Macao ou l'enfer du jeu, Salonique nid d'espions, et Tanger. Des consuls généraux au rancart – ou récompensés en fin de carrière de quelque obscur sacrifice – somnolaient entre deux vices. De célèbres truands, décorés de la croix de guerre et connus de plusieurs d'entre vous, y menaient leurs affaires, installés au Café de la Poste, à côté du Grand Socco. Qui pourrait oublier notre ami Henri Hallweg et sa superbe carte de visite :

MONSIEUR H.
NÉGOCIANT DE HAUTE MER

« La seule loi reconnue par tous, y compris les diplomates, était de ne pas faire de bruit qui attirerait l'attention. C'était une ville sourde, comme on le dit des lanternes. Le temps n'était pas encore venu de se faire servir le thé par des écrivains anglo-sexuels restaurateurs de palais maures. Non. On croisait plutôt des guerriers sans guerre et des trafiquants du marché noir en reconversion. Julius Gross appartenait à la première catégorie. Dans la paix, il s'ennuyait très vite.

« Il commença par me parler de la Ruthénie où il était né à la fin des années vingt. Qui connaît la Ruthénie ? Après la Première Guerre mondiale, les Alliés, en démembrant l'Autriche-Hongrie, créèrent la Tchécoslovaquie et lui ajoutèrent comme une queue postiche ce territoire. Parce qu'on ne savait à qui le rattacher. Sans

31

pour autant parler de Tchèques, Slovaques et Ruthènes. Pas assez d'importance. Territoire sans nom. En 1945, Staline se le fait donner sous le nom de Russie subcarpatique et l'intègre à l'URSS pour que les chars de l'Armée rouge puissent avoir un accès direct à la plaine hongroise. Il n'y a ni villes, ni industries, ni mines. Les montagnes sont couvertes de forêts très sombres. On y élève des porcs. Au nord, les champs de lin qui donnent des fleurs bleues alternent avec ceux de chanvre.

« Les communautés juives vivaient sans être isolées du reste de la population. Le père de Julius tenait l'épicerie du village. Il était aussi négociant en chevaux. D'après ce que j'ai compris, c'était un joyeux drille, coureur de filles et discoureur pour débits de boisson. Il avait expliqué à son fils qu'il ne s'était jamais fait rouler sur la valeur d'un cheval, jamais trompé sur son âge, sa morve ou sa fourbure. La sagesse lui venait, disait-il, de *n'être jamais monté à cheval*. Il raisonnait en cheval et pas en cavalier. En ce pays étrange, qui n'appartenait à personne, dans cette époque bâtarde de l'entre-deux-guerres, la vie était assez simple si on ne se trompait pas de place. Le rêve était d'être embauché à la manufacture de tabac de Teremenchko, une sorte d'Amérique. C'était loin. Le frère aîné de Julius serait rabbin : son oncle Josy, qui l'était, lui voulait du bien. Son autre frère aurait l'épicerie. Lui, il rêvait de reprendre le commerce des chevaux, de foire en foire et parfois au-delà de la ligne noire des montagnes.

« Après la victoire allemande de 1940, la Hongrie réannexa la Ruthénie, qu'elle administrait avant 1914.

Les anciens du village allèrent saluer, en hongrois, les "anciens" nouveaux maîtres. Ce n'est pas ça qui allait changer la course des nuages, la récolte du lin et la connaissance des chevaux. Dans la persécution des juifs, il y eut un répit. Pour la Ruthénie, était-ce le *Gauleiter* de Pologne qui était compétent ? Ou la SS de Hongrie ? Ou celle de l'Ukraine et des territoires occupés de l'Est ? Ou celle de Slovaquie ? Pays sans nom. Les difficultés de classement du dossier le protégeaient. Puis, en juin 1943, la rafle gagna la Ruthénie. Quelqu'un, dans les bureaux, avait dû trancher ces problèmes d'attribution administrative. Julius n'a jamais su ce qu'était devenu son père. Et lui se retrouva, à seize ans, dans la file de tri d'un camp de la mort.

« Je supplie ceux qui m'écoutent de me pardonner à l'avance tout ce qui pourrait être déplacé, contestable, et, en ce domaine, très vite odieux. Je n'ai d'autre prétention que de raconter fidèlement. Pendant la guerre, j'étais au lycée Janson-de-Sailly et je suis passé de la classe de sixième à la classe de seconde, latin-anglais-sciences naturelles. Une décoration m'a été remise à la Libération, mais c'est celle de mon père, à titre posthume, et je n'ai jamais pensé qu'être fils de héros donne des droits. Le laurier des autres est toujours une plante amère. Ce qui m'a fasciné dans la vie de Julius Gross, c'est qu'elle était parfaitement tracée entre épicerie et maquignonnage. Puis tout a éclaté.

« Les déportés qui viennent de sortir des wagons à bestiaux marchent à petits pas vers des bâtiments anonymes qui ont vaguement l'air d'ateliers ou d'usines.

Il y a d'ailleurs des cheminées. Des deux côtés, des SS *Totenkopf* en noir font serrer les rangs. Des sous-officiers, d'un geste, indiquent ceux qui doivent sortir de la file. Le diabolique est que personne ne peut savoir quels sont les critères de tri et surtout si le salut, ou au moins le sursis, c'est de rester dans la file ou d'en sortir. En fait, au commencement, l'objectif n'est pas l'extermination, mais plutôt économique : main-d'œuvre servile qui ne coûte rien. Restent donc dans la file les condamnés : femmes âgées, enfants, malades, débiles. Quand ils se regardent les uns les autres, ils pensent que ce sont eux, les épargnés. Non. Les épargnés temporaires sont les valides, dirigés vers les commandos de travail.

« A gauche de la file, un officier qui porte les galons de *Hauptsturmführer* surveille en silence. C'est un grand à lunettes, plutôt chauve, il a trente-cinq ou quarante ans. Pourquoi n'est-il pas sur le front russe, celui-là ? Le chef officiel du camp, qu'on ne voit pas, sauf en silhouette lointaine, est un lieutenant-colonel qui a perdu les deux mains en rejetant une grenade. On chuchote dans le camp qu'avant guerre c'était un grand pianiste. Ceux qui se refusent à toute faiblesse rétorquent : "S'il avait perdu les deux pieds en sautant sur une mine, on aurait dit qu'avant guerre il était champion universitaire du cent mètres." En tout cas, il est perdu pour le service actif. Physiquement, et moralement. Qu'il fasse chaud ou froid, il est enfermé dans son grand manteau d'uniforme à double boutonnage. C'est aussi un genre de prisonnier. Mais le capitaine, lui, comment a-t-il trouvé cette planque de gérer la mort des autres ? Sans doute, me dira

Julius, il fait partie de cette première vague ésotérique de l'Ordre noir qui s'intéressait à Thulé, à la Fontaine de Vie, aux théories d'Horbiger sur l'univers concave et à l'opinion du dalaï-lama sur Horbiger. Dans son bureau, une photo très agrandie, celle d'une patrouille de jeunes *Alpenjäger*, chemises ouvertes, qui sont montés au sommet de l'Elbrous dans le Caucase pour y cueillir une graminée en forme d'étoile, qu'ils apportent à Berchtesgaden à Hitler lui-même. Car la Vérité a trois sources : le Nord, le Tibet, le Caucase. Le reste, les joies et deuils de nos jours et de nos nuits, ne compte pas. Le capitaine regarde Julius.

« Il ne passe pas inaperçu avec sa masse de boucles blond pâle, son profil de pâtre d'Arcadie et ses yeux gris de mer Baltique. En Ruthénie, chez lui, sa mère voulait lui couper les cheveux. "Tu as l'air d'une fille." Et le père maquignon répliquait : "Tu ne sais pas que les garçons qui ont l'air d'une fille ont encore plus de succès auprès des filles ? Pourquoi ? Ah, ah. Il faudrait comprendre les filles. Et ça, c'est encore plus difficile que les chevaux."

Le capitaine fait signe à un sous-officier, *Oberschachführer*, de faire sortir Julius du rang. Le *Hauptsturmführer* parle à l'*Oberschachführer* qui parle à Julius. Puis retour pour les réponses, de Julius au sous-officier et du sous-officier au capitaine. Personne ne semble prêter attention à cette fumée qui s'accroche en haut d'une cheminée.

"Nom, prénom, lieu de naissance, âge.

— Gross Julius. Favatlliana. Ruthénie. Seize ans.

— Tu n'es pas juif.

— Mon oncle est rabbin."

(Le *Hauptsturmführer* a l'air de penser qu'il y a des erreurs de vocation.)
"Tu parles bien l'allemand.
– Et le slovaque. Quand on sait le slovaque, on n'a pas besoin de savoir d'autres langues."

« La Slovaquie étant au milieu du monde slave, c'est vrai qu'en parlant le slovaque on peut se débrouiller en Ukraine, en Pologne, en Tchéquie, en Croatie, en Serbie. La réponse de Julius est un proverbe favori de son père qu'il faut traduire par : avec de petits moyens, on se débrouille parfois mieux qu'avec de grands. A ce souvenir Julius rit, et son rire est une illumination. « Le *Hauptsturmführer* n'est pas au courant de cette finesse. Il demande :
"Et le polonais ?
– Bien.
– Et le hongrois ?
– Un peu.
– Je crois que tu es allemand. *Volksdeutsch*."
« Julius hausse les épaules :
"Mon oncle...
– Tu sais lire et écrire ? Tu vas servir de secrétaire interprète."

« La dernière réponse de Julius se perd dans les ordres échangés en allemand. C'était :
"Je ne sais pas lire et écrire."
« En un mois ce sera rattrapé. Julius m'a dit qu'il n'y eut jamais "rien" entre le capitaine ésotérique et lui. Je le crois. Le capitaine le contemplait. Il entrait dans le petit bureau du secrétariat, au début sous un prétexte, après

sans aucun prétexte, juste pour le voir. Parfois, il prenait une chaise et pendant une heure regardait Julius. Une ou deux fois, il lui passa la main dans les cheveux, qui le fascinaient particulièrement. Le drame se produisit lors d'une visite d'inspection d'un *Standartenführer Totenkopf*. Le commandant du camp n'y était pour personne, comme d'habitude. Tout se passa chez le capitaine qui reçut des compliments pour l'impeccable tenue des dossiers et la mise à jour des circulaires. Mention spéciale pour les statistiques avec courbes de plusieurs couleurs, qui illustraient les différentes catégories ethniques de morts, les différentes causes de décès, jusqu'aux divers "inclassables". Julius est un artiste. En partant, le colonel dit en le désignant du menton : "Ce jeune homme devrait être au front. Dans les quarante-huit heures. Et se faire couper les cheveux. Dans l'heure."

« Le capitaine blêmit. Il se met au garde-à-vous et dit :

"Ce n'est pas un jeune homme, *Herr Standartenführer*. C'est une Assistante Féminine Secrétaire Interprète. De la Fondation. Il m'avait semblé..."

« Dans la vieille SS, le mot Fondation est une clé magique.

"Alors qu'elle se mette en tenue. Et qu'elle apprenne à saluer convenablement. *Heil Hitler !*"

« C'est ainsi que Julius Gross, qui avait dix-sept ans, de petits pieds et l'air d'un ange, revêtit l'uniforme de celles que toute l'Europe appelait "les souris grises", chemisier de fausse soie gris très boutonné, jupe droite grise au mollet, bas gris, souliers plats. Le chevalier d'Eon avait bien reçu du cabinet du roi, pour protéger un secret, l'ordre de porter dentelles et robes à paniers.

« Les déportés qui passaient par le secrétariat eurent vite fait de porter la nouvelle dans tout le camp. Julius ne pouvait plus sortir sans être insulté. Parfois, un déporté réussissait à l'approcher et lui crachait à la figure. Le capitaine en aurait pleuré. Mais ses soucis allaient vite changer. Un vent de révolte agitait le camp où des réseaux s'étaient constitués. Tout commença un jour de vent d'ouest, léger mais continu, que renvoyait l'anticyclone fixé sur la Scandinavie. Depuis combien de temps soufflait-il, ce vent d'ouest léger qui effilochait en haute altitude quelques cirrus annonciateurs de changement de temps ? Depuis combien de jours faisait-il voleter, retomber, voleter vers l'Est ce fragment d'un journal allemand qui vint s'accrocher aux barbelés ? On pouvait encore y lire quelques lignes délavées d'un communiqué de l'OKW : "Toutes les offensives des envahisseurs se sont heurtées à une résistance victorieuse de nos troupes d'él... sur l'ensemble du...ont de...orm...ie. Dan...gion de Ca..." Le reste était illisible. Mais peu importe, la nouvelle était claire : à l'ouest, les Américains avaient débarqué. Caen et la Normandie furent vite identifiés. Le camp fut agité d'une houle d'espoir qui montait bien au-dessus des miradors.

« On attendait les Américains. Ce furent les Soviétiques qui percèrent les premiers. Les barbelés n'arrêtent ni le vent qui souffle, ni la rumeur d'une grande bataille. En quelques heures, les SS reçurent l'ordre d'évacuer tout le camp vers l'ouest, puis un autre ordre de tuer tous les déportés et de faire disparaître leurs traces, puis des ordres incompréhensibles, puis le silence des ordres. Quelques-uns des gardes réquisitionnèrent camions et voitures pour fuir. Il y eut bataille entre hommes de troupe et gradés. Alors que le bruit du canon se rapprochait jusqu'à sembler à portée de la main, la fuite se transforma en panique. Un Comité de justice s'était créé dans le camp. Le lieutenant-colonel sans mains fut pendu dans son grand manteau. Le capitaine avait réussi à s'échapper en abandonnant ses statistiques si bien tenues. On raconta plus tard que, pris dans un mouvement de foule, jeté hors de sa voiture, il avait été tué à coups de pierres. Mais celui dont les déportés voulaient vraiment la peau, c'était Julius. Ils le cherchèrent une journée entière sans succès et on pensa qu'il avait pu se glisser dans la masse des réfugiés fuyant l'avance de l'Armée rouge. Il n'avait aucune chance : les troupes soviétiques d'avant-garde dégageaient au lance-flammes le passage pour les chars, brûlant indistinctement les soldats perdus et les lourdes charrettes triangulaires des paysans de l'est de l'Europe qui encombraient les carrefours.

« Julius était resté caché dans le camp. Avec les ciseaux de bureau, il s'était tondu le crâne à nu. Une précaution indispensable pour ne pas être reconnu, une haine de ses boucles blondes aussi. Jamais plus de toute sa vie il n'aurait d'autre coiffure. Puis il s'était enfoncé comme un rat, nu, dans l'énorme tas de cadavres au milieu du camp qui n'avait pu être brûlé par les gardes en fuite. Plusieurs fois, asphyxié, il avait perdu connaissance, vomi, perdu connaissance, vomi, avant d'atteindre en rampant sur les coudes le centre du tas. On aurait pu dire le ventre du tas. Là, il faisait très chaud, il n'y avait aucun bruit. La tentation était de dormir et de mourir. Pour s'empêcher de dormir, il se récitait la table de multiplication par neuf dans les cinq ou six langues qu'il connaissait. Une belle journée de cet été 1944 s'écoula. Quand il sentit enfin un peu de la fraîcheur du soir, Julius rampa de nouveau, à l'opposé, pour se frayer une sortie. Le camp paraissait vide dans la nuit. »

« Il est vingt-deux heures vingt, dit le président Janvier. Peut-être Juillet pourrait-il consacrer quelques minutes de repos à goûter cette tarte aux pommes qui me paraît assez nettement au-dessus de la moyenne. »

C'était gentiment dit. La bouche pleine, Juillet enchaîna.

« Merci. L'histoire de Julius est d'autant plus passionnante qu'elle commence dans les modestes collines de la Ruthénie et dans une communauté juive où l'extraordinaire est interdit et où tout est réglementé en détail par le Livre ou par la tradition : les rapports entre mari et femme, entre enfants et parents, la vie sexuelle, la nourriture, le rythme des jours, les loisirs et les labeurs. L'ordre. Et puis, tout va sauter, basculer, exploser dans l'horreur et l'aventure. Parce que Hitler a gagné les législatives en 1933 ? Ou parce qu'une brise soutenue de l'ouest-nord-ouest accroche un morceau de journal aux barbelés d'un camp ?

« Julius considérait que sa fuite à pied, à dix-sept ans, à travers l'Europe en guerre, avait été la plus belle époque de sa vie. Très vite, il s'était inventé une technique personnelle (quand on sait le slovaque on sait toutes les langues...) pour éviter les grands affrontements armés, offensives, contre-offensives, encerclements, anéantissements, et tout le fer et le feu des batailles. Il couchait le jour dans les villes en ruines où les équipes de désamorçage des bombes à retardement n'avaient pas encore pénétré. L'odeur des morts lui collait à la peau. Il marchait la nuit dans les forêts, se heurtant parfois aux cadavres des Russes de Vlassov qui s'étaient pendus de désespoir. Dans la cave d'une cité en cendres, il fut hébergé près d'une semaine par la veuve d'un officier allemand qui avait perdu ses quatre fils sur le front de l'Est et servait à leurs photos bordées de noir un dîner imaginaire, chaque soir aux chandelles. Une petite fille de dix ans, pieds nus en haillons avec un col de dentelle, serrant contre elle une poupée à qui il manquait un bras, lui tint compagnie quelque temps puis disparut comme elle était apparue. Dans la steppe hongroise, des Tsiganes stérilisés par les nazis erraient en se demandant s'ils sauraient encore jouer du violon. Mais le souvenir sans doute qui le marqua le plus (il m'en parla plusieurs fois) fut cette rencontre quelque part dans les Carpates – pas chez lui, il avait soigneusement évité de repasser par chez lui – sur une petite route de montagne, en cherchant un abri contre l'orage qui menaçait.

Il découvrit un arrêt de bus, classique arrêt de bus ou car rural, avec toit en rondins de sapin et horaire défraîchi affiché à l'intérieur. Sur le banc, un homme paraissait dormir. Un homme vêtu comme on s'habillait chez Julius pour les fêtes et le dîner chez l'oncle rabbin : chemise blanche amidonnée, cravate noire, costume de serge noire, chaussures noires, chapeau de feutre noir. L'homme endimanché qui paraissait dormir tenait encore à la main une petite valise d'assez mauvaise qualité qui avait été renforcée avec une ficelle. Julius s'approcha, essaya plusieurs langues, bas, puis plus fort, s'approcha, toucha. L'homme endimanché tomba sur le côté. Il était mort. Crise cardiaque ? La chaleur, l'attente ? Julius ouvrit la valise (il cherchait quelque chose à manger). La valise était pleine à craquer de billets de banque austro-hongrois n'ayant plus cours depuis plus de vingt ans. Quel car attendait cet homme en noir si attaché à son trésor inutile qu'il n'avait emporté que lui ? Qu'espérait-il trouver au bout de la ligne, pour quelle cérémonie s'était-il habillé ? Et qui l'attendait peut-être encore ? Une femme, un enfant ? Julius ferma la valise, ferma les yeux du mort. Il le coucha sur le banc avec le sentiment étrange d'être devenu l'héritier des rêves du voyageur solitaire et du mystère de son voyage. Il s'aperçut que les souliers étaient fraîchement cirés et qu'une colonne de fourmis montait déjà par la jambe du pantalon.

« Ensuite, c'est une aventure plus classique, si j'ose dire. Après avoir failli être fusillé deux ou trois fois comme Hitler *jugend* ou SS – il faut dire qu'avec son crâne rasé et ses yeux bleus il était plutôt la caricature d'un fils de *Junker* prussien que d'un épicier maquignon juif de Ruthénie, et seule l'idée de s'exprimer en yiddish en faisant semblant de ne comprendre aucune autre langue le sauva – il rejoignit un maquis en Yougoslavie ou en Italie du Nord... »

« Je me souviens, dit un membre du Cercle, qu'à Tanger, quand nous étions en affaires avec des Italiens de... du...

– Des Siciliens.

– Oui, des Siciliens, ils se moquaient de son accent incompréhensible.

– Peu importe, reprit Juillet. Ce qui compte, ce sont les fonctions qui furent les siennes. Là encore, il y a parmi nous plus autorisé que moi sur la vie et la mort dans la clandestinité. Qu'on soit caché dans la forêt des montagnes ou au cœur de la grande ville, une peur spéciale vous étreint en permanence : celle d'avoir été trahi. L'homme en face de vous, dans le métro, est-il un agent de l'adversaire qui vous guette et va vous arrêter ? Ou l'ami que vous devez rencontrer et qui va vous sauver ? Un petit froid dans la colonne vertébrale, comme au coucher du soleil quand on est solitaire en mer, et qui n'en finit pas. Tous les réseaux, même les meilleurs, ont été infiltrés à un moment ou un autre. Alors, qui est devant moi et me tend la main ? Et qui est celui que j'entends marcher derrière moi ?

« En cas de trop forte présomption, il faut éliminer. Sans investigation plus poussée ni procès, qui ne pourraient qu'alerter l'adversaire s'il s'agit bien d'un agent infiltré. Non. Il faut tuer tout de suite. Et ce n'est pas à

un membre du réseau de le faire. Aucun réseau n'y résis-
terait. Il faut un spécialiste venu de l'extérieur. Les
Anglais ont donné à Bordeaux en 1943-1944 une assez
éclatante démonstration pratique de ces lois. Julius
devint tueur. Fonction qui exige une grande insensibi-
lité. Vous pensez que je veux dire : ne pas s'attendrir ?
Pas seulement. Il est au moins aussi nécessaire *de ne pas y
prendre plaisir.*

« Dès la Libération, il avait été remarqué par les états-
majors sionistes et recruté dans l'un des groupes armés
"parallèles". Leurs noms sont bien connus. Que ce soit un
futur Premier ministre israélien qui ait fait sauter
l'Hôtel du Roi David, où logeait l'état-major britannique (cent dix tués d'un coup), appartient à l'Histoire.
Un autre futur Premier ministre abattra le comte Berna-
dotte, médiateur des Nations unies. Son pseudo, ou nom
de guerre, était Michael, en hommage à Michael Collins,
le fondateur de l'Irish Republican Army, et le plus grand
théoricien du terrorisme moderne.

« Il est tard. J'ai perdu beaucoup de temps en préli-
minaires. Voici maintenant l'aventure exemplaire de
Julius Gross telle qu'il me l'a racontée, et je suis sûr qu'il
n'embellissait – ou n'assombrissait – rien. Les organisations juives "parallèles" utilisent donc ses talents qui
sont exceptionnels. C'est le moment de la grande bataille
contre l'Angleterre coincée entre sa politique arabe et les
promesses faites aux sionistes. Tout se joue sur la politique d'immigration en Palestine. L'*Exodus*, navire
prison avec ses quatre mille cinq cent cinquante et un
passagers rejetés de port en port, est le symbole de la

lutte des survivants des camps de la mort pour fonder librement une nation. Certains responsables pensent que la condamnation par le procès de Nuremberg n'a pas été suffisante (sur cent cinq pages du réquisitoire final, seulement sept pages consacrées à "la persécution des juifs"). *Exodus* remettait l'insoutenable en pleine lumière et les Anglais cette fois au banc des accusés. Le groupe auquel Julius Gross appartenait décide de frapper un très grand coup pour que le dossier de l'immigration juive en Palestine ne soit pas fermé. C'est encore l'application des principes du fondateur de l'IRA. Le terrorisme est l'arme absolue contre le silence. Contre le silence, l'horreur même est utile.

« Ordre : abattre le ministre des Affaires étrangères britannique. L'assassiner est un point. Mais plus symbolique encore : à son banc, à la Chambre des communes, mère des Parlements et emblème mondial de la démocratie. Exécutant : Julius. Le compte à rebours est commencé. A ceux qui s'étonneraient aujourd'hui de cette violence inouïe, je rappelle, sans être encore une fois un spécialiste et c'était seulement l'époque où je commençais à lire les journaux, que les Anglais ont perdu deux cents hommes en Palestine dans les attentats sionistes, qu'ils ont pendu, en août 1947, trois terroristes juifs, que l'Irgoun en représailles a capturé et pendu deux sergents anglais.

« Le palais de Westminster est du néogothique Tudor de 1840. Aujourd'hui, il a l'air aussi authentique que l'Angleterre éternelle. »

Juillet sort des demi-lunettes, les nettoie de sa pochette de soie, s'en chausse le nez.

« Je lis le guide à l'article "Chambre des communes". Détruit par un incendie en 1834, de nouveau par les bombardements allemands en 1940. Reconstruit en 1951 en "gothique sobre". Vingt-trois mètres de long, quatorze mètres de large, douze mètres cinquante de haut. En face, la chaise du Président qu'on appelle "speaker". Derrière lui, le sac réservé aux pétitions. Devant lui, la table des secrétaires en chêne anglais massif. Sur la table, le grand coussin d'apparat en velours rouge et or, où est déposée la masse d'armes, symbole de l'autorité royale. A la droite du "speaker", les bancs tapissés de vert occupés par le gouvernement et sa majorité. En face, ceux de l'opposition. Au sol, les lignes rouges qu'aucun débat, si passionné soit-il, ne permet aux "honorables membres" de franchir. La démocratie.

« On visite. Julius passe aux Pays-Bas pour brouiller les pistes, de là en train jusqu'à Bruxelles. A Bruxelles, il se joint à un groupe de touristes qui font l'excursion *Découvrez Londres en quarante-huit heures*. Car pour Ostende, ferry, etc. C'est de la routine. L'important est de ne laisser aucun souvenir. L'important est d'être ordinaire, et même insignifiant. Tous les coureurs de brousse vous diront que ce qui se repère, c'est le pli de chemise ou de pantalon trop bien repassé. L'angle droit n'est pas dans la nature. Sans être systématiquement chiffonné comme notre... comme... »

Le président Janvier :

« Continuez. Je ne suis pas froissé.

— Il faut éviter tout détail qui arrête l'œil. Les dangers pour Julius s'appellent le crâne rasé et les yeux. Restons couvert et portons des lunettes teintées. Pas noires, c'est trop, ça se remarque.

« Le compte à rebours tourne. A l'époque, le plastic est le seul explosif portable disponible. Avantage : on ne peut pas identifier un attentat par l'explosif utilisé. Plastic donc, détonateur et minuterie devant être détruits par l'explosion elle-même. L'attentat sera certes revendiqué, pour que le message passe. Néanmoins, il faut aussi toujours pouvoir nier. Revendiquer et signer sont deux actes distincts. Brouiller les pistes, le b.a.-ba du métier. On apprend dans le maquis à ne jamais prendre au retour le chemin qu'on a pris à l'aller. A dix-huit heures, le mardi, Julius Gross avec son groupe bénéluxien visite la Chambre des communes. Le banc du ministre des Affaires étrangères est à droite en bas, premier rang. Encore faut-il être sûr que le ministre y sera assis demain. Demain, c'est *"question time"*. Depuis 1833, tout député a le droit de poser des questions directes au gouvernement. La Démocratie.

« Il a été suggéré à un député britannique sympathisant de la cause israélienne de poser une question tout à fait d'actualité. Suggéré, sans plus, et bien sûr sans autre motif que celui, parfaitement naturel, de l'errance des passagers de l'*Exodus*. La question est inscrite. Le ministre, sur un sujet pareil, ne peut pas ne pas répondre lui-même. Si au dernier moment — pas une chance sur cent — il était empêché, la réponse serait lue par un membre du gouvernement aussi important. D'ailleurs, ce n'est pas l'homme qui est visé, c'est l'institution. C'est la Chambre des communes. Loi de Michael Collins. Un attentat terroriste n'a aucun sens contre une dictature, parce qu'il n'y a pas d'opinion publique à faire basculer. Le terrorisme est une arme valable seulement contre un régime démocratique. Le compte à rebours tourne. Julius a programmé la bombe pour le lendemain matin, neuf heures quinze heure locale. Sans s'écarter du groupe de touristes plus qu'un instant, il passe devant le banc du ministre et d'une seule main la fixe sous le banc. Il n'aura même pas besoin de faire semblant de rattacher son lacet de chaussure. Les femmes de ménage, demain matin, si elles font du zèle, promèneront leurs balais par terre. Pas à la verticale, sous le banc lui-même. Il faudrait se mettre à quatre pattes. Même le zèle des femmes de ménage anglaises a des limites. Pas une chance sur mille.

« L'important, c'est de continuer à être naturel. Ne pas s'engager dans des conversations avec les autres membres du groupe. Ne pas les refuser non plus. Julius, chemise blanche, cravate noire comme le mort inconnu de l'abri de bus des Carpates, porte un léger brassard de deuil. Au pire, on se souviendra de lui comme d'un monsieur effacé dont on a respecté la douleur. L'aiguille tourne. Dîner collectif moyen dans un restaurant moyen (comprend-on maintenant le sens de mon invitation ici ?). Puis nuitée dans un hôtel moyen, en moyenne banlieue. Le plan de Julius était de repartir seul, discrètement, dès le premier train, le lendemain. Les contrôles de sortie sont toujours moins poussés que ceux d'entrée. Même en Angleterre. A l'heure de l'explosion, il aurait non seulement quitté les eaux territoriales, mais passé la douane et la police française de Calais. Sous la porte de la chambre, il trouve le télégramme.

« Il existe beaucoup d'autres récits connus d'attentats à la bombe. Rien de ce que j'ai dit n'est vraiment exceptionnel et de nature à retenir l'attention des membres du Cercle des douze Mois. Mais Julius est le seul terroriste à avoir à la fois fait la pose et la dépose. Le télégramme disait : "TANTE SUZY VA BEAUCOUP MIEUX. L'INTERVENTION CHIRURGICALE EST REPORTÉE *SINE DIE*. AMITIÉS. TON ONCLE ALFRED. » Il a bonne mine, Julius. Et "l'oncle Alfred", il aurait pu réfléchir avant. "L'oncle" a décidé, quelque part en Israël, que, tout bien pesé, l'aspect négatif d'un attentat à la Chambre des communes risquait de l'emporter sur l'aspect "positif" du message... Autrement dit, de desservir la cause. A démonter d'urgence. Quand Julius range le télégramme dans son portefeuille, il est vingt-trois heures vingt. Le dîner a été interminable, avec un service exaspérant de lenteur. A croire que l'Angleterre travailliste a décidé de marquer par l'inefficacité le progrès social. Ensuite, le car qui amène le groupe à l'hôtel s'est perdu deux fois. Il reste à Julius neuf heures et cinquante-cinq minutes pour enlever la bombe sous le banc du ministre des Affaires étrangères du Royaume-Uni, Chambre des communes, palais de Westminster, Londres.

« Ne pas s'affoler. Contrôler sa respiration comme avant de tirer. Contrôler sa respiration est aussi important que viser. Comment est-ce que je sais cela ? Je suis chasseur, président. Au gros. A balles. Après la guerre, mes cousins Fürstenberg m'invitaient au pirche pour pouvoir tirer le cerf chez eux. C'était interdit aux Allemands en zone française d'occupation. »

Dans ce jardinet de banlieue, il passe un souffle de grande douceur quand le bruit de la circulation un moment est suspendu. Des tourterelles roucoulent. Un enfant appelle sa mère. Juillet reprend :

« Le palais de Westminster, la nuit, est fermé. Il y a sûrement des rondes. Forcer la porte n'est pas une bonne idée. Le risque est trop grand d'être interpellé, interrogé, de mettre sur la piste de la bombe si ce n'est d'être arrêté avec elle. Il ne faut pas signer. A écarter aussi le coup de téléphone anonyme à la police qui paraît si simple : "Une bombe sous le banc du ministre va sauter à neuf heures quinze." Parce que la police récupérera la bombe avant l'explosion, la minuterie et le détonateur ne seront pas détruits. Ils viennent d'un stock de l'armée anglaise. Qui a pu avoir accès à ces stocks ? Le coup sera non seulement raté, mais signé. Non. Alors demandons-nous qui a le droit d'entrer aux Communes avant l'heure de l'ouverture de la séance ? Les députés, les ministres sans doute, leurs secrétaires. Ils sont connus. Pas jouable pour Julius. Et les femmes de ménage ! Il va se déguiser en femme de ménage. Les aiguilles tournent.

« D'abord un mot à laisser à l'organisation de tourisme pour signaler qu'il a dû rentrer d'urgence en Belgique par le premier train et ferry, pour un problème familial de santé. C'est tellement plus sûr de dire la vérité ou du moins de rester dans la logique du télégramme. Ensuite, trouver des bas gris, une robe grise, une perruque grise. Les bas, impossible. Des chaussettes hautes feront office. Et le reste ? Trouver le placard où les femmes de chambre de l'hôtel viennent se changer en prenant leur service. Pas dur à ouvrir. Le seul problème est d'éviter le veilleur de nuit. Une sorte de longue blouse informe fera l'affaire. Mais les cheveux ? Julius opte pour un foulard très serré qui emboîte la tête, avec une frange ou quelques mèches qui dépasseraient. Où les trouver ? Qui porte une perruque ? Les magistrats, les actrices, les vieux messieurs. Cherchons encore. Les poupées. Un couple du groupe de touristes, traînant une fillette plutôt geignarde, lui a acheté une grande poupée souvenir. Julius a appris à ouvrir et fermer les portes sans aucun bruit. Une, deux, trois chambres, la quatrième est la bonne. Souffle des dormeurs. La petite fille dort en tenant la poupée dans ses bras. Julius ne lui prend pas la poupée : il lui tond seulement les cheveux avec ses ciseaux. Quand l'enfant verra sa poupée chauve demain, il sera loin. Pas demain. Aujourd'hui. Il est une heure vingt. Les aiguilles tournent.

« Maintenant qu'il est habillé en femme de ménage, avec sa blouse grise et sa frange qui dépasse du foulard, il s'arrête. S'assoit, réfléchit. Il manque quelque chose. Il faudrait un balai et un seau. Le seau, à l'étage supérieur, c'était une règle pour les immeubles londoniens pendant le blitz, pas de problème, il est toujours là. Mais le balai ? Pas de balai dans le placard des femmes de ménage. Il doit exister un autre placard pour le matériel de nettoyage. Où ? Ne pas réveiller le veilleur de nuit. Attention. Il est deux heures du matin. Pas de balai. Pas d'affolement. Trouver un balai. Dans la cour derrière l'hôtel. Pour les feuilles. Il n'y a plus qu'à aller à Westminster. A propos, à quelle heure les femmes de ménage de Westminster se présentent-elles à leur travail ? Taxi impossible, métro trop tard, voler une voiture trop gros. Julius décide de voler un vélo. Un vieux vélo de femme. Ce sera plus naturel. C'est le vélo qui fera croire à la femme. Les aiguilles tournent. Sur le porte-bagages, Julius ficelle sa petite valise enveloppée de papier marron (il a besoin de ses affaires "civiles" pour passer douane et police) et met le seau par-dessus, bien en évidence. On ne verra que le seau. Le balai, comme un drapeau, fixé au cadre en diagonale et derrière la selle. Pas discret ? Mais il ne s'agit plus d'être discret. Pourquoi une vieille femme de ménage sur un vieux vélo de femme cacherait-elle son balai ? Il est près de trois heures. Il y a sept kilomètres et demi à pédaler. Il ne faut aller ni trop vite, ni trop lentement. Etre au palais vers six heures du matin au plus tard. Parce que Julius ne sait pas quelle entrée de service est la bonne. Traversée de Londres dans la nuit. A un carrefour, le bobby traditionnel. Petits saluts de la tête. *"Early to go to work*, dit le bobby aimable. – *Double pay"*, répond Julius en clignant de l'œil. Et il pédale.

   « Quelle est la bonne entrée de service ? D'après le plan du guide, il y en a trois possibles. Julius planque le vélo et va surveiller la sortie de métro la plus proche. Il y aura bien des femmes de ménage reconnaissables qui prendront le premier métro pour aller à leur travail à Westminster et qui lui montreront le chemin. Vers six heures trente, une douzaine d'un coup. Elles portent une robe plutôt informe, un foulard sur la tête, une mèche de cheveux qui dépasse. La seule différence avec Julius, c'est qu'elles n'ont pas un balai et un seau. Elles vont les trouver sur place. Quand on approche de Westminster, elles sont bien une vingtaine. Julius se joint au groupe. Lui a déjà sa blouse grise. Il peut passer pour une nouvelle. Il passe. A sept heures trente-cinq, il est dans la salle de la Chambre des communes. A sept heures quarante, il a enlevé la bombe sous le banc du ministre. A huit heures dix, dans les toilettes du métro, il la désamorce avec une heure cinq minutes d'avance, se change et, sa petite valise à la main, prend le train pour Newhaven. Pourquoi s'inquiéter ? Il n'y aura aucun contrôle particulier, *puisque la bombe n'a pas explosé.* »

Il n'est pas d'usage au Cercle des douze Mois d'applaudir. Mais quel artiste, ce Juillet ! Il resserre légèrement la cravate de son col anglais trop haut.

Le président Janvier :

« Mon cher Juillet, nous n'avons aucun impératif d'horaire lié à une mission terroriste. Mais il est déjà très tard. Minuit passé. Considérez-vous que votre anecdote exemplaire s'arrête ici ? Ou y a-t-il une suite ? »

Juillet :

« Monsieur le président, il y a plusieurs suites. Mais un autre membre de ce Cercle, qui a aussi très bien connu Julius, pourrait prendre le relais. »

Et, d'un demi-geste de la main, il désignait Octobre. Je fis un signe de la tête pour acquiescer. Octobre, c'était moi.

« Très bien, dit le président Janvier. Nous attendrons Octobre. Y a-t-il des questions ?

– Oui, dit un membre. D'après ce que j'ai compris, Julius doit avoir dans les soixante-dix ans. Est-il toujours en activité ?

– Si votre question est "a-t-il pris sa retraite ?" intervint le président Janvier, la réponse est : C'est tout à fait invraisemblable. »

Dans le brouhaha du départ, un membre paraît hésiter, puis dit : « J'ai une autre question. »

« La question sera posée », dit le président Janvier, qui est de bonne humeur, en remettant sa veste à carreaux. Il a apprécié le côté assez artisanal de l'histoire de la bombe à poser et déposer.

« Pourquoi ce Julius Gross n'est-il pas membre de notre Cercle ? Il y aurait vraiment sa place. Et vous êtes, semble-t-il, plusieurs à le connaître. »

Silence gêné. Février, je crois que c'est lui, qui a toujours joué les bourrus – Saint-Jean-bouche-d'or – reprend :

« Oui, pourquoi par exemple ne s'est-il pas présenté à la succession de notre ami Hervé, je veux dire à la place d'Août ? »

Juillet fait signe qu'il ne répondra pas. Mais se tourne vers moi. Je ne dis rien. Un autre membre remarque, à mi-voix, son manteau déjà sur les épaules :

« Peut-être savait-il qu'Août était candidat...

– Et pourquoi ne s'est-il pas présenté ? Parce qu'il savait qu'Août était candidat ? » insiste Février.

On se tourne vers Janvier. Janvier se tourne vers moi. Je décide de répondre.

Je réponds :

« Parce qu'Août est la seule femme au monde qu'il ait jamais aimée. »

3

AOÛT

Le coup de dés du docteur M.

« La séance est ouverte, dit le président Janvier en tapant sur la longue table avec son *masbaha*. Je dois excuser Mars hospitalisé, et Juin en mission à l'étranger. La parole est à Août pour le récit du mois. » Les yeux du président étaient plus petits que jamais, ses lèvres plus serrées. Il était visiblement nerveux. On ne saura que beaucoup plus tard que le vote négatif du premier tour, la croix, c'était lui.

« La règle », dit Août d'un ton si naturel que tous les hommes se sentirent gênés. Pour la première fois, une femme allait raconter une anecdote exemplaire. C'est à peine si les autres Mois osaient la regarder. Silence. Août rejeta une mèche d'un mouvement de tête.

« La règle est d'abord de justifier le choix du site. Nous sommes ici au cœur symbolique de ce qui peut être considéré comme le haut lieu de l'intelligence et de la culture française, dans la bibliothèque de l'Ecole normale supérieure, 45, rue d'Ulm, Paris, 5ᵉ arrondissement. Par faveur spéciale, j'ai obtenu qu'y soit servi notre dîner, à la seule condition de ne pas toucher aux livres du deuxième casier, troisième rangée du haut, notamment l'Epictète qui est rare et fragile. Et de remettre en place les usuels après usage. Saluons l'ombre de Lucien Herr, qui n'eut d'autre rêve dans la vie que d'être bibliothécaire et qui reste présent par son buste en bronze, seul ornement de ce lieu.

« Comme l'aventure est ici loin de nous, dit-elle. Et loin de moi. Et pourtant j'ai participé à la grande aventure humanitaire qui fut celle d'hommes passionnés, témoins de notre temps. Je vais raconter l'histoire vraie de l'un d'entre eux. Dans cette bibliothèque, je n'ai pas cherché le cadre le plus contraire aux montagnes d'Afghanistan ou aux ruines de Sarajevo. Non. C'est seulement celui où je me sens le mieux. Vous vous défiez des livres, m'a-t-on prévenue, en tout cas des histoires romancées. Moi, je n'aime plus que les livres. Peut-être comprendrez-vous mieux quand je vous aurai raconté le coup de dés du docteur M.

« Autour de nous, trois cent cinquante mille volumes dont le très estimé fonds gréco-latin et celui de littérature française. La douzaine d'échelles roulantes, machines de guerre antiques à forcer les murailles, permettent d'atteindre les livres des rayonnages les plus élevés. Sur les longues tables étroites, les atlas, les dictionnaires. Des présentoirs comme à la messe. Des bancs aussi comme à la messe ou à l'école. Le Saint des Saints. Il ne manque que l'odeur d'encens, et encore : les vernis des boiseries, le cuir des reliures, le vélin des vieilles pages font flotter dans l'air le relent des siècles. Aimer a une odeur. Lire aussi. »

Août s'arrêta un moment pour regarder ses ongles au creux de sa paume, miroir où serait inscrit quelque texte éclairant pour elle-même et les autres. Elle était vêtue discrètement, avec beaucoup de soin, d'un chemisier plutôt masculin de coupe mais d'une soie très féminine. Un gilet faussement à la diable, un pantalon pas du tout masculin, aucun bijou, les lèvres très rouges comme les ongles. Les femmes ont le choix entre deux camps, deux armes, presque deux états : coiffée ou non. Pour Août, c'était non coiffée. Personne ne parlait d'elle comme d'une beauté : et pourtant, personne n'était insensible à son charme. Les membres du Cercle des douze Mois la regardaient, fascinés. Pour la première fois, une femme parmi eux, qui pour beaucoup aurait pu être leur fille, et qui n'avait pas besoin de chercher à séduire, tant l'éclat de son regard, sa peau de brune, sa façon de se mouvoir et jusqu'à son attitude un peu de biais, une épaule légèrement plus basse, suffisaient. Fallait-il encore le souligner en ne portant pas de bijoux ? Déjà, certains n'étaient pas loin de penser qu'un mouvement inconnu et sans doute incontrôlable avait commencé. Le président jouait nerveusement de son chapelet.

« La règle veut aussi, dit Août, que le narrateur, sans raconter sa propre vie, évoque brièvement sa rencontre avec une autre vie extraordinaire. Je dois donc faire un détour par le palais de l'Elysée, du temps du septennat précédent.

« Il y avait au palais (j'ai failli dire : il était une fois, et je m'aperçois que je parle comme si je racontais un conte de fées à des enfants) un conseiller spécial du Président particulièrement actif, toujours soucieux de son rang dans les plans de table et de son monopole d'influence au plus haut niveau. Il était aussi intelligent que cultivé. Un bourreau de travail. Mais s'inquiétait en permanence. Et si le Président l'interrogeait sur la culture aztèque ? Et sur les inédits de Mallarmé ? Et sur le système fiscal groenlandais ? Il fallait tout couvrir. Je fus recrutée par un ami de ses amis qui cherchait un agrégé d'allemand pouvant fournir à la demande des citations d'auteurs germaniques pour discours de circonstance, notamment européens. Soit. Je suis agrégée d'allemand. Un obscur assistant m'appelait et me disait : "Pour demain, un jeu de citations sur union économique et volonté politique. De qualité. Goethe, Schiller, Clausewitz, Heidegger, quoi. Non, pas Heidegger." C'est tout juste si on me disait merci. Un vendredi soir (le Président n'avait pas d'horaire), on me donna instruction de venir d'urgence à l'Elysée. Deux membres du secrétariat manquaient, alors qu'il fallait préparer un sommet où la France recevait. On me jeta quinze notes embrouillées sur le droit de la concurrence dans un régime fédéral, en m'enjoignant de les transformer en une ou deux pages lisibles. Un normalien sait faire ça, non ? Vite, très vite. Ce qui fut fait. Mais ce qui n'était pas prévu, je les ai apportées moi-même. Aucun esprit d'ambition ne m'animait. Peut-être un peu de curiosité : pour une fois, voir la figure des lecteurs de note. Ai-je dit que j'avais promis de passer à un dîner et que j'étais un peu plus habillée que d'ordinaire ? Un haut rose indien et des bas noirs.

« Le Président eut un regard vers la porte qui s'ouvrait et battit des paupières. Les conseillers regardaient le Président regarder. Le conseiller spécial précisa tout de suite : *"Elle est à moi.* Une normalienne agrégée." Quel beau regard, dit un intime, comme il aurait parlé d'un meuble en le retournant pour voir si les pieds étaient d'époque. Oui, quel beau regard, dit le conseiller spécial en cherchant celui du Président. "Tsss, tsss, fit le Président entre ses dents. Vous ne comprendrez jamais rien. Les jambes. Cette jeune femme a des jambes qui vous regardent." Je ne sais comment circulent les rumeurs dans Paris mais le lundi matin, à l'ouverture des bureaux, cinq jeunes femmes de l'état-major particulier et des services de la présidence de la République portaient des bas noirs. La suite est dans les journaux. Supposée être investie de la confiance de l'Elysée, je devins l'adjointe tiers-monde du conseiller spécial. Le vent du pouvoir soufflait ainsi. Souvent le Président m'emmenait en voyage officiel. C'est lors d'un de ces voyages au Pakistan que je rencontrai pour la première fois le Dr Frédéric M.

« Notre ambassadeur avait eu l'idée assez révolutionnaire d'inviter Frédéric à passer prendre le café après le déjeuner donné par le Président qui était comme on dit "placé". La révolution n'allait quand même pas jusqu'à changer le plan de table d'un déjeuner placé pour un médecin humanitaire plutôt aventurier. Frédéric fut à la fois éblouissant et passionnant. Tout changeait quand il parlait, d'autant plus qu'il ne payait pas de mine. Un grand dadais plutôt osseux, un peu voûté, se cognant dans les meubles. Il revenait de trois semaines de mission d'évaluation des besoins dans les maquis afghans. Avant de citer des chiffres, il nous fit le récit burlesque du mariage du chef d'un des mouvements de résistance les plus islamisants, un mollah à la barbe teinte en rouge. La dot de sa quatrième et très jeune épouse était en kalachnikovs. Vérification sur-le-champ, en tir réel, par la noce dont le marié lui-même, de la bonne qualité du percuteur, du système de visée et des munitions. Après tout, s'il y a des blessés, les étrangers sont là pour soigner. Dans le décor qui se voulait moderne mais parfaitement conventionnel du salon d'une moyenne ambassade : rideaux à grandes fleurs et lampes à pied, Frédéric était passé ensuite très naturellement à la description d'une intervention chirurgicale urgente à trois mille mètres d'altitude. Pas d'autre anesthésiant que le froid : la neige glacée en cercle autour de la plaie à ouvrir. On aurait pu utiliser aussi des linges imbibés d'eau brûlante. Le temps manquait, pas la neige. Quelques allusions techniques à la guérilla ou comment faire sauter un pont avec un obus de 105 piégé. Le commandant Massoud et ses souvenirs du lycée français de Kaboul. Deux ou trois formules qui font mouche, de lui ou d'un autre peu importe, mais dites avec ce qu'il faut d'émotion et en cherchant ses mots : "La barbarie moderne est la barbarie par l'indifférence."

« Le Président, qui se considère pourtant comme un maître en théâtre humain, était médusé. Et en plus, ce sacré toubib si courageux ne demandait rien, et ne disait pas merci ! C'était à la France, et au monde, de comprendre et de tirer les conséquences par leur aide. Non, témoin, médecin et témoin, rien d'autre. Salut l'artiste. Je crois qu'un homme peut séduire seulement par la voix. La voix et les mains. Ce qui prend. Le Président dit : "Docteur, vous aurez la gentillesse de donner une courte note sur ce qui vous paraît le plus urgent et essentiel à mon cabinet" et il me désigna du menton. M. ne m'a pas regardée. Il y avait le Président. Et je ne portais pas de bas noirs. Ensuite, quand je vois son nom dans les journaux, je lis. Et je pense à sa carcasse dépliée entre les fauteuils en chintz du salon de l'ambassadeur. Puis j'oublie. Un jour, à l'Elysée, il entre dans mon bureau. Il avait quelque chose à ajouter à sa note. Il partait pour la jungle du Nicaragua. J'ai jeté trois chemises et deux pantalons dans un sac. Et je suis partie pour la jungle du Nicaragua, chez les Indiens Miskitos. Les Indiens Miskitos sont de doux frères moraves convertis par les hussites chassés d'Europe, que le gouvernement communiste de Managua avait décidé de prendre comme cobayes de ses expériences marxistes.

« Frédéric M. est un révolutionnaire comme la plupart des *French Doctors* du début. Ils partagent le refus du désordre établi qu'est ce monde et la haine des "cochons staliniens" qui prétendent lui avoir trouvé un nouvel ordre. En Mai 68, il était l'un des théoriciens les plus durs de l'action violente. Les Indiens Miskitos étaient bien sympathiques. Ils avaient tout le monde contre eux : le bloc soviétique, la gauche américaine chic, sans oublier la nature et l'histoire. On rejoignait leurs cases couvertes de palmes par la mer, en canot découvert, battu par la pluie et les vagues, de nuit pour éviter les garde-côte cubains. Avec refuge le jour dans les marécages côtiers sous les palétuviers. Il n'est pas possible d'imaginer plus horrible sur cette terre que de s'abriter dans la vase sous les palétuviers. Une nuée d'insectes vous attaque sans répit. L'eau glauque, couleur de plomb, est agitée de reptiles aquatiques dont parfois la tête affleure.

« Le docteur M. n'y voyait aucun exploit. L'extraordinaire était devenu l'ordinaire. La routine. L'aventure commence parfois en claquant la porte parce qu'on en a assez de sa belle-mère ou des copains de bureau, mais elle devient vite un plaisir dont il n'est pas facile de se désintoxiquer. J'ai réussi. Je n'aime plus que les livres. Savez-vous que je prépare une édition critique de Saint-Evremond ? Le titre n'est pas très universitaire j'en conviens, mais il y a eu quand même Mai 68, non ? Saint-Evremond ou l'anti-Saint-Simon. Amusant. »

Août eut un charmant sourire qui illumina la bibliothèque de l'Ecole normale supérieure, rue d'Ulm, et par reflet, les auditeurs du Cercle des douze Mois.

« J'accompagnais Frédéric M. au Cambodge, au Mozambique, au Salvador. Partout où il y avait conflit armé, guérilla, massacres, réfugiés, famines ou tremblements de terre. On me reconnaît une plume, je suis devenu grand reporter. Pour sa gloire, celle des *French Doctors* et un peu aussi la mienne. "L'éminence rose de l'Elysée choisit le baroud humanitaire", c'était un bon titre, non ? Comme si j'avais quitté le président de la République pour entrer au carmel. Succès.

— Août, dit le président Janvier, lèvres pincées, c'est un épisode de la vie du Dr M. que vous aviez annoncé...

— Hélas ! dit Août en regardant le miroir rouge de ses ongles, ce qui le touche me touche.

« Bien qu'il n'ait jamais été ministre, le Dr M. avait des ennemis. Personne ne contestait son courage, ni le fait que, parmi les premiers, il ait eu l'idée et la volonté de soigner là où personne ne soignait et de parler quand tous les officiels se taisaient. Ils sont plusieurs à avoir fondé ensemble le grand mouvement humanitaire au loin qui restera l'aventure de notre fin de siècle. Sept, dit-on, mais avec le temps ils paraissaient se multiplier : comme les majors de Polytechnique qui sont au moins une douzaine par promotion. Lui, on l'accusait d'arranger, d'embellir, ce qu'interdit formellement l'article 2 de votre règlement, de s'attribuer les exploits des autres. Et les chirurgiens soulignaient malignement qu'il n'était pas chirurgien. Et les médecins, pas vraiment médecin. La presse l'adorait et racontait en même temps sur lui des ragots dévastateurs. Rien ne paraissait détruire son charme.

« Frédéric M. avait aussi un mystère que seuls quelques initiés connaissaient. Un vice secret. Parfois, je le voyais rentrer à l'aube, blanc de fatigue et de tension nerveuse, des poches sous les yeux, titubant. Mais ce n'était pas l'alcool. Il n'a jamais bu de sa vie, que de l'eau minérale. Ce n'était pas la drogue. Comme beaucoup, il avait tâté d'un joint ici ou là, mais il n'avait ni les marques, ni le matériel. Parfois, il s'enfermait, après une

nuit d'absence, pour donner à Paris, au siège de son organisation, à une secrétaire très fidèle et très discrète qui
l'adorait, quelques coups de téléphone que je ne devais
pas entendre. Je n'ai pas posé de question. Parfois il était
d'une exubérance qui dépassait l'imaginable, commandait du caviar à la frontière de l'Angola et me couvrait de
bijoux locaux importables. Je n'ai compris qu'assez tard,
quand il m'a volé ma montre. Il était joueur. Mais un
joueur fou, malade. Cela le prenait comme un violent
accès de paludisme. Ses grandes mains tremblaient. Il lui
fallait d'urgence des partenaires, des cartes, des dés. Il ne
s'arrêtait que si le jeu s'arrêtait, parce que ses adversaires
abandonnaient ou que lui-même était lessivé. Je ne suis
pas du genre à aider les gens contre leurs vœux. J'ai donc
réclamé ma montre, un cadeau de ma mère. Au bout de
deux jours et quelques coups de téléphone discrets, il m'a
dit l'avoir retrouvée dans les lavabos de l'hôtel prédélabré
où nous attendions de passer clandestinement au
Kurdistan. Soit. Ses amis à Paris avaient pu lui faire
parvenir les moyens de payer ses dettes. Ils savaient.

« Il est beaucoup moins connu qu'il prenait des
risques supplémentaires, assez rares chez les vrais
joueurs, pour qui la drogue est justement de se demander
une nuit entière si le noir va sortir, ou le valet de carreau,
ou le double six, si la chance est pour eux ou contre eux,
si les dieux vont se pencher sur leur destin personnel, et
opter, trancher, enfin parler. Il était aussi tricheur. Un
tricheur invétéré, le roi de la coupe sautée et de la lance
au dé plombé. Rien qu'à voir sa dextérité quand il
brouillait les cartes, on aurait dû comprendre. Sa passion

le poussait à ne pas être regardant sur ses partenaires. Tant qu'il les levait comme une pute les michetons, pas de danger. Mais il y a d'autres fous de jeu, aussi malades et plus méchants. J'ai dû plusieurs fois dégager mon lit pour des truands de rencontre, des ivrognes poisseux, des brutes qui cherchaient la bagarre. Il revenait parfois roué de coups, la figure défoncée. Mais jouer sans tricher ne l'aurait pas vraiment amusé. C'était la véritable drogue, le suc de pavot qui enchante, le philtre d'amour. Les rentrées haletantes à l'aube, la montre perdue et retrouvée, les alternances de déprime et d'allégresse m'avaient un peu mise sur la piste. Il lâchait parfois, en guise d'explication, "la mission" comme s'il s'agissait d'un secret-défense, sans y croire. Mais chacun est libre, ai-je toujours pensé. *Never explain, never complain.* Et puis, un jour, j'ai compris. Si de nouveau je suis amenée à parler de moi, dans le récit qui vient, croyez bien que ce n'est pas par complaisance.

« Nous étions clandestinement en Afghanistan, à la limite du Nouristan. Un des plus beaux paysages du monde. Des lignes de crête à cinq mille ou six mille mètres, en houles glacées, un océan de vagues blanches qui déferlent en courant les unes après les autres, crinières échevelées de chevaux au galop, si haut, si près. Les sentiments religieux ne sont pas mon fort. Existe-t-il des paysages qui, comme quelques lieux saints inspirés, la Grande Mosquée du vendredi à Ispahan, les ghâts de Bénarès la nuit ou la cathédrale de Chartres, s'imposent à tous ? Oui, un paysage à se découvrir si on est chrétien, se couvrir si on est juif, et pour tous à respecter le silence ? Le Nouristan, dernier pays "païen" d'Asie centrale à être converti à l'islam il y a cent ans, avait un autre avantage. Personne ne parlait sa langue. Il suffisait d'apprendre à dire : "Je ne comprends pas" en nouristani pour être à l'abri des premiers contrôles des services de sécurité adverses.

« C'est le pays où se passe l'admirable nouvelle de Kipling, *L'Homme qui voulut être roi*, qui a tant marqué de jeunes gens rêveurs, et Frédéric lui-même. La légende veut que les Nouristanis descendent des soldats d'Alexandre le Grand en marche vers l'Inde. La légende est vraie : l'un des premiers commandants de la résistance à nous recevoir et escorter à l'intérieur des montagnes était plutôt rouquin avec d'admirables yeux vert clair. Les yeux bleus n'étaient pas inconnus. Les miens ne choqueraient pas. Comme Frédéric, j'étais déguisée en Afghan. Lui, l'immense *chalwar*, le gilet, le *pachkol*. Moi, pantalon, voile sur voile et le fameux grillage, le *chakrit,* symbole de l'enfermement des femmes. Voir le monde à travers ces barreaux de prison est pour une femme occidentale une assez surprenante découverte. Elle peut même y trouver une sorte de sentiment de puissance : le monde a-t-il tant peur d'elle ? si elle sait qu'elle peut sortir de prison quand elle veut.

« La base de toutes les interventions clandestines françaises en Afghanistan était à Peshawar, la très célèbre "maison blanche" tenue par Edouard et Domitilla. Qui, parmi les aventuriers de notre époque, n'a pas connu la "maison blanche" de Peshawar ? Frédéric avait commencé par semer les services secrets pakistanais qui nous avaient pris en filature dès l'aéroport d'Islamabad. En franchissant l'Indus par une déviation abandonnée et l'ancien pont de chemin de fer. Un culot fou. « La guerre d'Afghanistan, c'était leur affaire, aux services pakistanais. Sur le terrain, on parlait d'ailleurs de l'*Aktar's War*, du nom du général, leur patron. Mais pour Frédéric et ses amis, c'était leur combat à eux, contre le stalinisme impérialiste et celui du lugubre Brejnev, le petit contre le gros, le pauvre contre le puissant, un nouveau Vietnam. A la "maison blanche" de Peshawar, personne ne demandait son opinion à personne. Certains, comme nous, entraient par une porte habillés en Européens, grignotaient un morceau de mouton au buffet dressé dans le jardin, et sortaient par une autre porte en Afghans, drapés dans leur *patou*, la couverture bordée de rouge qui sert de manteau, d'oreiller, de serviette, que sais-je. Après avoir changé non seulement de tenue, mais deux ou trois fois de voiture pour protéger les filières de passage clandestin. C'est aussi à la "maison blanche" de Peshawar que je reçus mon premier ordre de mission, après ceux de l'Elysée ! Sous un pseudo conservant mes initiales, j'étais devenue infirmière mandatée par une ONG très célèbre. Papier à en-tête, cachet, et tout. Je protestais véhémentement. Je suis quand même ancienne élève de l'Ecole normale et agrégée d'allemand. Indispensable, me dirent mes hôtes. Et oublie que tu parles une langue étrangère.

Si vous vous faites prendre par le *Khad*[1] ou les *spesnatz*[2], cet ordre de mission médical te permettra d'expliquer ta présence et de ne pas être abattue tout de suite. Tous les Français qui passent la frontière ont de vrais faux papiers. "Mais c'est de la folie ! Je n'ai jamais supporté une piqûre et l'idée d'en donner une m'épouvante. Et si on me demande de participer à une intervention chirurgicale ?

— Alors nous allons préciser la spécialité : diététicienne. Comme cela, tu peux refuser les amputations de bras et les accouchements par césarienne. Diététique seulement. Reconnaître un gosse qui meurt de faim, recommander une bouillie lactée aux vieilles qui n'ont plus de dents est à la portée de tous. Le reste est littérature. Un peu de vocabulaire suffit. Si tu affirmes : déficit en protides, qui va te contredire ?"

« Et me voilà aux côtés du Dr M., diététicienne patentée.

« En Afghanistan, il y avait quelques zones qui étaient tenues par l'Armée rouge, d'autres par la rébellion, et une très grande majorité par tout le monde et personne, dont plusieurs chefs de guerre locaux qui passaient d'un bord à l'autre. Les maisons de thé étaient ouvertes, les marchés aussi, même si de temps en temps une bombe posée sous un éventaire tuait une dizaine de clients, règlement de comptes ou action psychologique. Les camions scintillants de décorations, fleurs et étoiles en fer-blanc coloré, et les

---

1. Police secrète du régime communiste de Kaboul.
2. Troupes spéciales soviétiques.

cars circulaient, au risque d'être pris dans une embuscade ou de sauter sur une mine. Ils étaient souvent contrôlés par des miliciens du régime qui faisaient descendre tous les passagers et les tâtaient rapidement pour savoir s'ils étaient armés ou portaient un message.

« Les amis de Frédéric écrivaient tous les messages de la résistance sur tissu : cousus dans la doublure, ils ne se sentaient pas à la fouille comme un papier. Même aux pires moments de la guerre civile, on ne fouillait pas les femmes. Ou alors, sur dénonciation, et cela voulait dire que depuis la frontière, et le plus souvent avant, depuis la "zone tribale" au Pakistan, les agents du *Khad* vous avaient repérés et suivis. Il y a eu un cas célèbre. Je n'ai jamais voulu savoir ce qu'il y avait dans ces messages sur tissu que nous transportions. Quand on est décidé à jouer l'innocence, il vaut mieux être innocent. »

Août regarda le plafond de la bibliothèque de l'Ecole normale, allongea les doigts pour vérifier le rouge de ses ongles et, après un silence :

« Lors de notre premier passage clandestin, la résistance avait emprunté pour nous l'ambulance d'un évêque anglican norvégien. J'appris ainsi qu'il y avait une Eglise anglicane en Norvège. Nous fûmes arrêtés, de nuit, dans la "zone tribale" par un gosse loqueteux à kalachnikov qui, après palabres et explications, nous fit signe de rouler en disant d'un air superbe : "J'aime bien savoir qui circule chez moi." Le gouvernement voulait construire une étroite piste goudronnée jusqu'à la frontière pour aider le ravitaillement de la résistance afghane. Les tribus

barraient la piste en demandant en priorité deux engagements : la loi pakistanaise ne serait appliquée que sur
le goudron, pas à côté. Et l'électricité gratuite pour toute
la population, à jamais. Un second gosse, plus âgé et
teigneux, tira. Puis sous les phares, nous vîmes un
barrage. Le commandant qui était venu nous chercher,
ancien du lycée français de Kaboul, fils d'une famille de
sages soufis qui ne comptaient plus les recteurs de faculté
et les ambassadeurs, donna au chauffeur l'ordre de forcer.
S'arrêter, c'était être repérés et signalés. La zone était
truffée d'agents de renseignements soviétiques et pas
seulement pakistanais. Nous passâmes dans la pétarade
des tirs et sous une grêle de pierres. Pauvre ambulance de
l'évêque anglican de Norvège !...

« Avant l'aube, nous étions près de la frontière, au
nord de la Khyber Pass, toute piste s'arrêtait et la ligne
des très hautes montagnes se dressait à côté et presque
au-dessus de nous, mur noir dans le mur noir de la nuit :
là où il n'y avait pas d'étoiles. Sans un mot, nous fûmes
guidés à pied, en file indienne, chacun ne voyant que le
dos de celui qui le précédait, jusqu'à une maison de terre
séchée dans un hameau de terre séchée aux murs écla-
boussés de bouses de vaches à sécher et qui ne semblait
peuplé que de chiens furieux. Pas de lune pour un
passage. Seules les étoiles découpaient la silhouette d'une
maison noble flanquée d'une tour. Dans le silence le plus
absolu (un seul mot aurait trahi notre nature d'étrangers), chacun fut installé séparément dans une pièce
basse, obscure, meublée d'un divan très dur. Toute la
journée, jusqu'à la nuit suivante, puis encore un jour et

une nuit. Attendre. Les relais se mettaient en place. Les contrôles aussi. Parfois, un homme ouvrait la porte de la pièce, jetait un coup d'œil inquisiteur, disparaissait. D'autres ombres nous apportaient de l'eau pour nous laver les mains, des galettes de pain sans levain, un bouillon gras de mouton. Du thé. Attendre. Savoir attendre est la première loi de la clandestinité.

« Je n'ai jamais vu un film ou un livre évoquer le problème des besoins dits naturels. Ils sont extrêmement contraignants, sinon odieux comme tout ce qui est naturel. Une femme vint enfin, à la tombée de la nuit, me conduire jusqu'à un mur en ruines qui était manifestement le lieu adéquat pour toute la population du canton. Le climat et l'altitude en conservaient les témoignages quasi intacts. Pour les éviter sans lumière, il fallait beaucoup de chance. Pour sortir de ses pantalons afghans de plusieurs mètres de tissu à la ceinture, une habileté de transformiste de music-hall. Allah aidant, nous réussîmes à déjouer tous ces pièges. Et on vint nous chercher au début de la troisième nuit pour franchir la frontière. Pas un mot n'avait été échangé depuis trois jours.

« Le col devait être à trois mille mètres d'altitude. La montée dans le noir coupait la respiration. Pas d'autre bruit que celui des souffles qui se cherchaient. Avec nous, une vingtaine de combattants d'escorte et un oncle maternel de notre commandant, ce qui engageait donc la famille et le clan. Des mulets portaient armes et vivres. Caravane du silence. Deux ou trois heures de marche avant le col, la neige commença à tomber, d'abord

doucement, droit, puis en tempête, presque à l'horizontale. Au col, elle était déjà épaisse et glacée par le vent. Il
devait faire entre moins dix et moins quinze. Les
Afghans marchent vite : une sorte de foulée à la limite du
trot, et aucune pente ne leur fait peur. L'ordre vint d'ac-
célérer encore. Il ne fallait pas que le jour nous prenne,
nous ou nos traces. Dans la clandestinité, à une époque
où les viseurs infrarouges n'existaient pas, le seul ami
était la nuit.

« De l'autre côté du col, en Afghanistan, ce fut dans
l'obscurité une dégringolade à la verticale dans la glace et
la neige, puis de pierre en pierre. J'ignore par quel
miracle personne ne se cassa le cou. Frédéric, parfaitement à l'aise, lui que j'avais vu tremblant de la folie du
jeu, demi-courait comme un Afghan. Comment ai-je pu
suivre ? La réponse est : il n'était pas question de ne pas
suivre. Vers deux ou trois heures du matin, il y eut une
halte pour un peu de thé brûlant dans une cahute de
rondins à la limite de la neige et de la forêt. Sans un mot,
on nous fit entrer. L'air était lourd d'odeurs. Dans le noir,
on ne voyait que les yeux des guerriers de la nouvelle
escorte qui nous attendaient. Ils détournèrent les yeux.
C'était un signe : nous pouvions considérer qu'ils ne
nous avaient pas vus. Combien de fois devais-je encore le
rencontrer, ce regard détourné sur une piste de la
montagne, large comme le dos de la main, disait
Kipling, et qui veut dire que celui qui vous a rencontré
ne parlera pas ?...

« L'aube nous attendait au carrefour de plusieurs
hautes vallées. Ainsi notre passage ne serait pas signé.

Des trembles qui frissonnaient au moindre souffle suivaient le cours bruyant des torrents. Des platanes solennels gardaient l'entrée des premiers villages. Dans les cimetières, de longues et minces perches sur les tombes des martyrs de la guerre faisaient battre au vent des morceaux de soie sauvage aux couleurs éclatantes de l'Asie Majeure : un rouge lumineux, un vert étrangement profond, un blanc ivoire qui chantait.

« La résistance nous saluait à sa manière en tirant à l'arme lourde. Le roulement se répercutait de montagne en montagne et de vallée en vallée jusqu'à ne plus former qu'un vaste grondement monté de la terre, renvoyé par le ciel. C'était une façon de dire : des étrangers venus de loin ont passé la frontière cette nuit. Ailleurs, loin, très loin, chez les autres, on sait donc que l'Afghanistan existe. Merci. "Il n'y a pas d'espoir dans le silence des autres."

« La routine afghane et des maquis. Marcher, encore marcher, de vallée en vallée, étrange guerre promenade où ce qui compte c'est d'être présent, et de démontrer ainsi que l'ennemi ne tient pas le pays. Palabres, encore palabres. Les notables se reconnaissent à leurs barbes grises et leurs parapluies noirs roulés. Les commandants se mesurent au nombre de leurs gardes du corps et à la qualité de leur armement. On compare. On pose contre les murs de pierre sèche les parapluies des notables et les AK 47 des guerriers pour s'asseoir sur les tapis et discuter avec les nobles étrangers. Si on est à l'intérieur, on ouvre la porte pour que s'échappe la fumée du foyer creusé dans le sol. Des armes, demande l'un, du riz, demande l'autre. Frédéric est formidable : il promet un mulet de riz à celui-ci, à celui-là de transmettre à qui de droit le besoin d'armement antihélicoptères. L'hélicoptère met la surprise du côté de l'armée régulière. Ce n'est plus le jeu. Une barbe grise couvre de sa voix de vieillard ces débats techniques : "Reviens, dit-il, même les mains vides. Mais reviens." Frédéric partage en petits tas l'argent de l'aide, un par vallée et par fraction politique, ethnique, religieuse. Suivant les commentaires, il reprend dans l'un, ajoute à l'autre. Une sorte de pesée des besoins et des hommes.

« Tard dans la nuit, malgré la fumée et le froid, Frédéric et les commandants, couchés sur des tapis, échangeaient les nouvelles du monde et la façon de le réformer. Le commandant qui sortait du lycée français de Kaboul traduisait en français ce que disaient les autres commandants qui ne parlaient que le pashtoun ou le farsi. J'ai vu Frédéric présenter l'un à l'autre deux commandants de vallées voisines qui ne s'étaient jamais vus. C'était la faiblesse de l'Afghanistan mais aussi sa force. "Il y a mille vallées, et cinq commandants par vallée. Qui peut espérer maîtriser mille vallées à cinq commandants chacune ? Et puis nous sommes fous. En face, les chouravis, ils ne peuvent pas comprendre." Un soir, Frédéric éclata quand même de fureur. Un commandant, un des bons et qu'il estimait, venait de rompre l'encerclement longuement préparé d'une place forte du régime. Cette levée du siège fut présentée par la propagande officielle de Kaboul comme une grande victoire soviétique. "Mais pourquoi ? criait Frédéric. –

Parce que d'habitude, dit posément le commandant à belle barbe, c'est moi qui paie pour nourrir ma tribu. Cette fois-ci, on m'a payé pour que j'accepte le sucre, la farine, l'huile, la viande. Tu vas refuser d'être payé pour être nourri, toi ?" »

Nouvelle courte pause. Où étaient les membres du Cercle ? Ils ne quittaient pas Août des yeux. Enchaînés à sa parole au fin fond des maquis afghans, marchant avec elle à son pas. Souffrant fatigue, peur et famine avec elle. Et se réchauffant à son récit. Elle était si vive. Autrefois, dans le lit des rois âgés et malades, on plaçait un jeune homme plein de force et d'avenir. Si la maladie est contagieuse, pourquoi pas la santé ? Août secoua la tête comme si le poids des souvenirs était trop lourd pour l'une de ses épaules, et reprit :

« La nuit était à son creux le plus froid. Chacun, sur le sol gelé, s'était roulé dans son *patou*. Les commandants, qui n'étaient que des silhouettes alourdies de vagues tissus, se réchauffaient de mots. C'était à qui, une fois de plus, raconterait les premiers combats, les premières armes, le premier "NON", comme on jette une branche dans le feu pour le ranimer. A Changasaraï, le colonel commandant la place avait fondé l'un des deux partis communistes afghans. Il réunit les troupes dans la cour de la caserne et leur dit : "En tant que communiste, je ne peux pas me battre contre l'Union soviétique. En tant qu'Afghan, je ne peux pas supporter que des étrangers soient chez nous sans y avoir été invités. Que ceux qui veulent des armes se servent." Quel expert aurait pu le prévoir ? Une autre branche dans le feu. Quand ils parlaient entre eux, les commandants désignaient souvent l'Union soviétique par l'expression "la technique". Il s'y mêlait crainte, brutalité, envie, respect comme à l'égard d'un monstre énorme sorti de sa caverne. Ce qui était sorti de sa caverne, c'était le monde moderne.

« Autre escorte, autre commandant barbu, autre marche, autre col, autre vallée, autre palabre, autre répartition de l'aide en petits tas. Une fois, les hélicoptères blindés de l'Armée rouge nous surprirent au soir tombant sur la piste. Chacun courut s'abriter de côté et d'autre. Le commandant continua à son pas, parfaitement naturel, au milieu du chemin. "Il ne manquerait plus que je n'aie pas le droit de marcher comme je veux sur mon chemin", dit-il. Il s'en tira avec des éclats de pierre qui lui écorchèrent le front et l'oreille ; il saigna beaucoup. Pansement, dit Frédéric. Je portais la boîte de pansements. Mais seul un homme pouvait toucher un homme. "Le docteur M. pansant un commandant afghan qui vient d'être blessé." La photo fit le tour du monde. Je dois dire que Frédéric non plus n'avait pas modifié sa marche. Moi, j'étais censée soigner les femmes et les enfants, c'est-à-dire que je recevais les confidences des femmes sur leurs expériences amoureuses qui n'étaient pas toutes tristes et que je tapotais la tête des bébés teigneux. Aux uns comme aux autres, je donnais des cachets contre le paludisme. Si je ne faisais pas de bien, au moins je ne faisais pas de mal. Je me permettais même quelques conseils diététiques.

« Des forces du régime avaient vite appris que des *French Doctors* circulaient dans le secteur. Il fallait redoubler de vigilance et marcher davantage, marcher. Nous changions de logement deux ou trois fois par nuit. Dehors, il gelait si fort que le bruit des torrents s'était arrêté. La pression de l'Armée rouge augmentait. Nous eûmes droit à une première. Notre groupe, qui circulait à flanc de montagne, avait été repéré depuis le fond de la vallée. Des chars nous encerclèrent à distance avec des obus qui se fragmentaient au-dessus de nous pour éclater de nouveau au sol en répandant des mines antipersonnel, comme si une main les posait autour de nous. Les fameuses petites mines en plastique modèle papillon qui ont coûté et coûtent toujours mains ou pieds à tant d'enfants. Les deux éclaireurs de pointe de notre escorte, pourtant aguerris à tous les pièges, sautèrent. Il fallut les laisser à leur sort après quelques soins et abandonner la piste à flanc de montagne pour tenter la percée vers les sommets, en neige profonde. Les hauteurs de l'Hindou Kouch abritent, selon la légende, une sorte de yeti, ou homme-singe préhistorique, qu'on appelle ici *migou*. Nous n'eûmes rien à craindre du *migou*. Mais nous pénétrâmes sans le vouloir dans un royaume interdit appartenant à une tribu très particulière qui, sans avoir lu Kipling ni consulté les chancelleries, avait décidé, profitant de cette guerre, de fonder au-dessus de deux mille mètres d'altitude sa propre monarchie.

« Le chef était un colosse à barbe noire, plus bardé de cartouchières qu'un zapatiste mexicain. Il portait un turban de plus de six mètres de long, très élégamment mis en place, avec pli flottant sur l'épaule gauche. Des pantalons encore plus immenses que la normale et un gilet en satinette brodé de fleurs roses et vertes façon miniature persane très kitch. Le Brummell du Nouristan. Nous l'appelions Sa Majesté entre nous, les trois *French Doctors,* Frédéric, un assistant administratif de son ONG et moi, quand il nous arrivait de nous croiser. Mais tout de suite j'avais été séparée et mise à l'écart, avec les femmes. L'assistant, pour avoir été pris à porter un message du Dr M., dont je ne sais encore s'il m'était adressé ou si c'était un appel au secours à Peshawar, fut fouetté en public. Nous étions les hôtes du roi, en fait ses prisonniers, ou ses otages. Sa force était d'être résolument neutre dans un monde en guerre entre l'Est et l'Ouest, entre le Nord et le Sud, à la limite des quatre empires, le persan, le russe, le chinois, l'indien, au centre de ce que les spécialistes anglais de l'Asie appelaient "le Grand Jeu". Résolument neutre et achetable. Les cours montaient avec les rebondissements du conflit. D'après ce que Frédéric avait pu me glisser, il n'était ni pashtoun, ni tadjik, pas mongol, officiellement sunnite pour pouvoir bénéficier de l'or des Saoudiens, en fait bâtard d'un rameau chiite, certainement hors caste et tout à fait impur, ce qui aide pour être neutre. Il faisait payer des droits de passage aux caravanes humanitaires et aux autres, délivrait des "visas" sur des papiers à en-tête variables au gré de ses alliances, sans jamais cesser de racketter les bagages et les hommes.

« Il ne connaissait pas le prix d'une femme européenne. Cela nous sauva quelque temps. Il renseignait les communistes et parfois, avec sa tribu de guerriers sans loi, leur donnait un coup de main moyennant l'impunité et des finances (traditionnellement en pièces d'argent, mais il faut être de son siècle, l'or était de mieux en mieux reçu). Régulièrement, il faisait exécuter un prisonnier, pour que ça se sache et pour maintenir les tarifs. L'ONU avait noté, dans le style qui lui est propre : *Zone de paix à éviter.*

« Les premiers jours, Frédéric fut traité en héros et moi avec sympathie par les femmes qui se passionnaient pour mes sous-vêtements. Le roi avait décidé de voler tout notre chargement et hésitait seulement entre nous faire abattre pour éviter les témoins et demander une rançon, mais combien par tête ou combien pour les trois ? Et des munitions en prime. Puis nous fûmes complètement isolés à fond de cave. Peut-être Gilet-Fleuri Premier recevait-il des ambassadeurs de passage et ne voulait-il pas qu'on cause. Puis de nouveau, fête. Puis rien. Les regards de ses gardes du corps et de ses femmes nous traversaient comme si nous n'étions pas là, n'existions pas, n'avions jamais existé. Une sorte de démonstration visuelle de notre absence. Ou de notre mort. Frédéric avait réussi à me faire passer une boulette de papier griffonnée : "Compte les jours. Ça aide à survivre. J'ai un truc." Jamais vous ne croirez son "truc". Je ne l'ai découvert qu'ensuite. Il avait décidé de jouer, oui de jouer, notre liberté avec le chef de ces bandits.

« Le Dr M., je l'ai dit, flairait des partenaires au jeu aussi malades que lui. Comment l'idée lui était-elle venue avec un demi-nomade hors caste, surarmé, à turban noir de six mètres de long ? Et pour qui le jeu, comme pour tout musulman, est absolument interdit et sans doute inconnu ? Eh bien, c'était là le défi. Le Dr M., je l'ai dit, ne détestait pas le risque. Il paraît, d'après le témoignage de son assistant fouetté, que tout commença autour d'un pilaf de mouton pour célébrer la naissance d'un fils, ou était-ce une embuscade réussie ? mais il n'allait pas poser des questions pour vérifier et être fouetté de nouveau. Nonchalamment vautré sur deux épaisseurs de tapis, Frédéric entama une discussion à la fois théologique et philosophique sur le fait que seuls, dans l'islam, les chiites ont le sens de l'histoire. Parce qu'ils ont celui de l'échec. Entre deux rots, Sa Majesté approuvait, quand même un peu impressionnée par cet étranger qui citait tant de mots pieux. Et comment sait-on si on est dans la volonté de Dieu (ce que les barbares occidentaux appellent vulgairement sens de l'Histoire) ? Par le doigt de Dieu. Gilet-Fleuri Premier, grand chef de la zone de paix à éviter, répétait : le doigt de Dieu. Après traduction, le Dr M. continuait : "Et comment se manifeste le doigt de Dieu ? Par la main de Dieu. Et comment la main de Dieu ? Par les nombres." Les jeux de cartes de Frédéric avaient disparu à la fouille. Vendus ou brûlés. D'ailleurs, un jeu de cartes, même au Nouristan, pouvait ne pas être inconnu.

« Tout le truc du Dr M. reposait sur le pari que le roi très sauvage des altitudes n'avait jamais vu de dés. Frédéric sentait, dans la poche gauche de son blouson, un trou, et dans le fond de la doublure, deux dés, là, qui avaient échappé à la fouille et qu'il triturait, palpait du bout des doigts. Deux dés pour Dieu. Deux dés pour la vie. Deux dés pour la liberté.

"Les nombres sont sacrés.

– Oui. Dieu nous bénisse.

– Sa main est sacrée.

– Dieu nous bénisse. Oui.

– Sa main dit les nombres. Tu connais la table de multiplication ?"

« Silence. Le roi n'aime pas les questions. Il fait tuer, ou il se renseigne ? Il se renseigne. On va chercher un lettré. Le premier ne connaît pas. Le second a été à l'école coranique et connaît.

"Deux fois deux", dit Frédéric.

« Traduction.

"Quatre."

« Traduction.

"Dix fois un égale ? On ajoute un zéro."

"Ce sont les Arabes qui l'ont inventé (je sais, ça se discute, mais ce n'était pas le moment).

– Dix fois un égale dix.

– Et la table de multiplication par neuf ? Difficile ?" « Silence.

"La plus difficile. Sauf si tu demandes à tes mains."

« Le Dr M. s'assoit à côté du chef, le lettré assis à côté de lui. Il tend les mains à plat, la paume cachée pour qu'elles ne portent pas malheur. *Khamsa filailek* ne se dit peut-être pas qu'en arabe.

"Tu dis un chiffre de zéro à dix à multiplier par neuf. Dis un chiffre.

– Quatre, dit le lettré à mi-voix.

– Quatre ? Je lève le quatrième doigt en partant de la gauche. C'est l'index. Avant lui, combien de doigts ? Trois. Après lui, combien de doigts ? Je compte, six. Trente-six. La main dit les nombres. A gauche les dizaines, à droite les unités. Mets les mains à plat."

« Le lettré met ses mains à plat.

"Dis un chiffre."

« Le lettré dit sept.

"Compte le septième doigt en partant de ta gauche. Lève-le. Combien à gauche du doigt ? Six. Combien à droite ? Trois. Soixante-trois. Tes mains savent la table de multiplication par neuf."

« Silence. C'est le moment où se joue une première fois le destin de Frédéric, et le nôtre. Une rafale d'AK 47 pour un étranger qui en sait trop sur les secrets du corps humain et est sûrement un sorcier ? Ou le roi essaie d'en savoir plus ? Sur la vie ? Et sur demain ? Gilet-Fleuri grommelle :

"Si je demande si tu vas nous rapporter beaucoup d'or, comment tu réponds ?"

« Le lettré cache sa bouche. Voilà des paroles sur l'avenir bien imprudentes.

"Je demande aux nombres", dit Frédéric.

« Et il sort sa paire de dés. Ça y est, la partie est engagée.

"Il y a des nombres favorables."

« Signe des yeux du chef enturbanné, qui aimerait voir. Frédéric prend un plateau de cuivre, ôte les tasses de thé et lance les dés. Sept, dit-il. Très favorable. Il a triché, Frédéric. Les dés sont légèrement rognés sur deux arêtes, tout l'art est dans la façon de lancer. Sept est un chiffre favorable dans le monde entier et donc aussi au fond du Nouristan.

"La main de Dieu", dit Frédéric. Et il se prétend fatigué et demande à se retirer. Pas trop d'un coup. Et nous ne fûmes pas fusillés ce soir-là.

« Ensuite, ce fut une question de patience pour amener le chef de tribu à lancer lui-même, puis à jouer. Au nom de Dieu, bien sûr, qui s'exprime par la main et les nombres. Les femmes me racontaient que le *French Doctor* avait ensorcelé leur époux et maître. Mais il ne paraissait pas en mauvaise santé. Au contraire, assez excité, et disaient-elles, elles en profitaient. Où va, Seigneur, se nourrir la sexualité chez les hommes ? Deux petits cubes marqués chacun de points noirs, un à six. Dieu. Manifestement, les négociations directes pour nous vendre à l'ONU, la Croix-Rouge internationale, le gouvernement de Paris ou notre ONG, n'avançaient pas. J'ai su après qu'à Peshawar on exigeait de savoir si nous étions vivants. Argutie risible ou piège grossier, voilà ce que cela voulait dire ici dans la montagne. Je pensais que l'un de nous allait être tué, découpé en morceaux et expédié en avertissement. Le chef barbu au pan de turban tombant sur l'épaule ne semblait pas avoir la tête à ça. Il jouait aux dés avec Frédéric. Frédéric attendit plusieurs nuits avant de mettre comme enjeu le droit d'envoyer l'assistant administratif chercher la rançon qui tardait. Le gros coup. Oui, sur parole (mais il est bien pauvre celui qui ne peut même pas promettre, dit le proverbe). Sur parole de revenir en rapportant la rançon. Il gagna.

Dieu l'avait voulu ainsi. Ensuite sa liberté à lui, le Dr M., dans les mêmes conditions. Et il a gagné, avec ses sacrés dés pipés et son art de les faire rouler sur le plateau à thé. Puis la mienne. Oui, la mienne. Il m'a jouée aux dés. Le chien, il a perdu. Oui, perdu. Et je suis restée près de deux mois prisonnière dans le harem de cette brute subhimalayenne. Les femmes me disaient : il ne reviendra pas, ton *French Doctor*. Et elles me passaient les mains au henné. J'avais totalement désespéré des hommes et de ce monde. Je pleurais, avec des larmes. Et les femmes me disaient : Pourquoi pleurer ? Tu es la plus belle. Nous donnerions dix ans de notre vie pour avoir tes yeux bleus. Et pendant des heures, elles me faisaient les yeux au khôl. Enfin, Frédéric revint avec la rançon et les munitions en prime. Cela ne parut surprendre personne.

« Le roi des montagnes l'embrassa. Les femmes du roi des montagnes m'embrassèrent. Elles me demandèrent de garder mes sous-vêtements pour les copier. J'étais habillée de voiles et de gaze, bijoux d'argent et lapis-lazuli au cou, aux oreilles, aux poignets et aux chevilles.

"Tu n'as plus besoin de te déguiser, dit le Dr M. On part."

« J'étais pieds nus pendant les semaines et les mois de cette cage orientale, j'avais rêvé comme symbole de civilisation et de liberté d'une paire de chaussures à hauts talons. Je courus pieds nus derrière lui pour le rattraper sur la piste.

"Chien, lui ai-je dit. Tu aurais pu gagner aussi pour moi.

88

— On ne peut pas gagner à tout coup. C'est le jeu, ma chère. "

« Bien sûr, il fallait au Dr M. laisser un otage pour être crédible, partir et revenir. Au moins, il aurait pu dire qu'il avait perdu parce qu'il m'aimait trop pour tricher, qu'il tremblait, je ne sais quoi, le chien.

Et Août, dans le silence de la bibliothèque aux trois cent cinquante mille volumes de l'Ecole normale, rue d'Ulm, Paris, 5e arrondissement, regarda au creux de sa paume ses ongles rouges et dit à mi-voix : « Je n'aime que les livres. »

Chacun reprenait haleine comme s'il avait couru dans la montagne afghane au côté d'un *French Doctor*.

« Hum, hum, sifflota doucement le président Janvier. Le règlement me conduirait à demander s'il y a des questions. Mais... »

Un Mois, Février, leva la main.

« Pas pour une question, dit-il. Pour une déclaration. Je propose mon exclusion du Cercle, article 8, Gubbins Rule. »

Août faillit interroger. Un autre Mois fit l'obligeant.

« Sir Colin Mac Ewan Gubbins est un général britannique qui a, pendant la dernière guerre mondiale, créé et dirigé le SOE, en charge notamment de la résistance française. Churchill lui avait donné ces très simples instructions : "Foutez le feu à l'Europe." Après la guerre, il composa une sorte de manuel pour officiers traitant des réseaux clandestins. Y figurait cette loi, reprise dans nos statuts : "Ne jamais éprouver le moindre sentiment pour ceux qu'on est venu aider." Nous l'appliquons entre membres du Cercle.

— Je l'avoue, lança Février. Je suis fou de cette femme.

— Ça commence ! dit le président Janvier.

— Août le sait depuis plus de dix ans. Par honnêteté pour les membres...

— Gubbins ne vous a jamais demandé d'être honnête. Seulement de ne pas avoir de sentiments et, encore plus, de ne pas les exprimer. »

Mais Février continuait.

« C'est la raison pour laquelle j'ai voté blanc. Le vote blanc, c'était moi...

— Un blâme, le coupa Janvier. Vous êtes privé de parole jusqu'à votre anecdote exemplaire en février. Je souhaite, pour vous comme pour nous, qu'elle soit bonne. D'autres questions ? »

Il y eut une sorte de brouhaha habituel après la tension d'une histoire vraie racontée. Février boudait. Août avait un doux regard flottant au-dessus des têtes des convives. L'un demanda :

« Nous avions pensé accueillir celui que vous appelez le Dr M. dans notre Cercle. Cette idée vous paraît-elle bonne ?

— La question ne sera pas posée, dit fermement le président Janvier.

— En fait, dit Août comme si elle se parlait à elle-même, nous avons rompu à une tout autre occasion. Un reportage bidon. Ce n'était d'ailleurs pas lui le responsable direct mais un journaliste de ses amis. Le Dr M. a laissé faire. Mais qui peut gagner sur l'autre sans tromper l'autre ? J'ai été aussi à l'Elysée... (Août me regarda de côté.) C'est bien Octobre ton nom ici ? Octobre était avec nous dans cette triste aventure de bidonnage. Il la racontera s'il le souhaite. C'est une autre histoire.

– Vous avez raison, Août, dit Janvier. A garder pour Octobre, s'il le souhaite. »

Mais tous les membres du Cercle des douze Mois semblaient fascinés et incapables de s'en aller. Ils étaient comme des enfants qui se bousculent pour poser des questions à la nouvelle maîtresse.

« Est-ce par le Dr M. que vous avez connu Julius Gross ? demanda un Mois.

– Assez. Nous ne sommes ni au tribunal ni en confession. La séance est levée, dit le président Janvier en tapant avec son chapelet d'ambre sur la table. Assez. »

Et il desserra son affreuse cravate jaune. Il avait presque crié.

4

SEPTEMBRE

La boîte à cigares

Septembre était un Corse froid. Je ne sais quel imbécile a lancé le cliché du joyeux Méridional. Il n'y a pas plus triste qu'une chanson napolitaine, pas plus austère qu'un Sarde et pas plus sombre qu'un Sicilien bon teint. Septembre avait le verbe court et l'humour par en dessous. Dans la police, pour inciter à parler, il y a toujours eu deux méthodes. Se taire ou parler. Depuis ses débuts comme jeune inspecteur, il en avait inventé une troisième pour brouiller les autres, que lui avait enseignée un oncle un peu hors-la-loi : parler pour ne pas parler. Son récit exemplaire était d'autant plus attendu.

Aux temps héroïques de la BRB, il avait eu l'idée d'habiller ses flics en voyous à cheveux longs. On s'y trompait. Mais lui était résolument chauve. Il se rasait le crâne avec soin « pour ne rien laisser au hasard », précisait-il. Plutôt gros, pas trop grand, portant des verres épais à double foyer, il avait l'air d'un chef comptable qui continuerait à compter après les heures de bureau. On lui connaissait un père retraité des douanes. Une rivalité de services l'avait conduit à démissionner avant l'âge alors qu'il était le numéro deux de la DST. Il restait une autorité très écoutée. A en croire la rumeur, il était aussi en privé un spécialiste de la scolastique, système de pensée qui eut son heure de gloire au XIIIe siècle et qui laissait peu de place aux sentiments. On le consultait donc à Paris sur les infiltrations trotskistes tendance lambertistes dans la haute administration française, mais aussi au collège pontifical, à Rome, sur des aspects obscurs de la querelle des Universaux. Les cinq formes de classement des idées, le genre, l'espèce, la différence, le propre et l'accident, sont-elles antérieures au réel, dans le réel, ou postérieures au réel ? *Ante rem, in re, post rem ?* Dans la recherche d'identité, cela vaut bien l'anthropométrie et les portraits-parlés.

Septembre avait choisi pour le dîner de son mois, place de l'Odéon, un restaurant de fruits de mer, *La Méditerranée*, qui avait été à la mode, l'était moins, allait le redevenir. Ainsi manifestait-il son mépris de la grammaire des temps. Il l'aimait pour son nom, nous précisat-il, très adapté à son récit. Et pour le fait, vérifié après enquête, qu'il n'y avait parmi les propriétaires, à la direction ou dans le personnel, que des natifs du Massif central, Corrèze et Aveyron inclus. Pas un seul Méridional. Et surtout, pas un Corse. Je tiens à dîner tranquille, ajouta-t-il. L'un des mes oncles, maire d'une commune du littoral, m'avait expliqué qu'il prenait chaque jour la voiture pour faire les deux cents mètres qui le séparaient de son bureau : sinon, quatre cousins le harponnaient au passage pour lui demander des passe-droits. Ici, il bénéficiait d'un respect sans contrepartie.

On l'appelait encore M. le Contrôleur général et on lui servait son vin. Les fresques de Christian Bérard et les tableaux de Cocteau avaient pris une patine classique. Le cuir des banquettes était souple. Septembre disait : « Je ne suis pas réactionnaire. Je déteste changer mes habitudes. » Les garçons portaient de longs tabliers. « Excellent choix, dit Janvier en dépliant sa serviette légèrement amidonnée. J'ai connu un étoilé des Guides où les serviettes étaient en papier. Pauvre France. »

« Je vais vous raconter une histoire corse, dit Septembre, après avoir soigneusement essuyé ses lunettes comme si cela l'aidait à éclaircir sa voix. Non pas une de ces blagues assez ridicules que j'apprécie fort peu, pas plus que celles attribuées aux juifs ou aux Belges. Non. Une anecdote exemplaire. Toute île a sa logique. Je vais plus loin. Toute île, comme tout monde clos, est dominée par la logique. Ce n'est pas propre aux habitants des départements 93 et 94 de la République française. Si des sociologues voulaient bien se pencher sur la façon de raisonner des citoyens de l'île Saint-Louis à Paris, code postal 75004, ou de l'île d'Oléron, Charente-Maritime, ils trouveraient les mêmes caractéristiques. La principale, je le dis tout de suite au risque de vous surprendre, est *la rigueur*. C'est pourquoi, du point de vue plus vulgaire du criminaliste, on y constate tant de règlements de comptes. »

Huîtres, langoustines, carpaccio de bar. Septembre reprit de sa voix précise, froide, de rapport, aussi peu marquée que la lecture *recto tono* de la vie de Rancé pendant les repas à l'abbaye de la Grande Trappe de

Soligny. Certains le soupçonnaient de vouloir cacher un accent corse plutôt chantant.

« Et d'abord, dit-il, un exemple. Au milieu des années cinquante vivait au sud d'Ajaccio, près de l'ancien pénitencier de Chiavari, une jeune femme qui avait hérité d'une ferme isolée. Ses seuls contacts avec le monde extérieur étaient l'épicier ambulant, qui passait une fois par semaine avec sa camionnette. Elle lui achetait ce qu'elle ne pouvait trouver chez elle : les allumettes, le café, le sel, le pétrole pour les lampes. Elle lui vendait des poulets, des œufs, des fruits et légumes en saison. L'épicier passait d'ordinaire peu après midi et elle lui offrait café, pain et fromage s'il n'avait pas eu le temps de déjeuner. Puis, sans qu'on puisse dire qui avait fait le premier geste, très naturellement puisque c'était l'heure de la sieste, la sieste. A deux. Je me fais comprendre ? Pendant six mois, cet échange de bons procédés, qui ne devait rien aux règlements monétaires, se poursuivit sans l'ombre d'une querelle et d'ailleurs avec un minimum de conversation. Puis un jour, après la sieste, alors que l'homme regagnait sa camionnette en remontant ses bretelles, la jeune femme décrocha du manteau de cheminée le vieux fusil de chasse de son père et, de deux cartouches de chevrotine, calibre 12, dans le dos, elle tua l'épicier.

« Le juge d'instruction, qui venait du continent, voulait comprendre. Un nouveau sans doute. La jeune femme ne niait rien, avouait tout. Mais pourquoi ? demandait le juge. Querelle d'argent ? Dépit amoureux ? Drame de la jalousie ? Ou, puisqu'on était dans le

monde rural, contestation de bornage qui tourne mal ?
Chaque fois, la jeune femme faisait signe que non et, aux
questions pressantes du magistrat, répondait seulement :
"C'est dans le dossier." Il l'avait pourtant lu et relu, le
dossier. Il ne voyait toujours pas. Alors, lassée devant
tant d'incompréhension, elle finit par lâcher : "Je suis
fille unique. Il fallait bien que je le fasse, puisque je
n'avais pas de frère pour le faire." La logique, vous ai-je
dit. Une forme de *rigueur*.

« Maintenant que le raisonnement insulaire vous
paraîtra, je l'espère, un peu éclairé, permettez-moi de
vous raconter le plus long règlement de comptes que la
Méditerranée ait connu depuis l'*Iliade*. Comme l'*Iliade*,
c'est une épopée avec ses héros, hauts en couleur et quasi
mythiques, ses dieux, ses rituels, ses destins croisés. Tout
commence à Tanger. Juillet a déjà évoqué cette capitale
du trafic international dans les années cinquante. Temps
bénis du passé. Les curés étaient en soutane, les femmes
portaient des bas, le bien se distinguait du mal et les
truands s'habillaient en truands pour mieux être
reconnus : chaussures pointues bicolores, cravate blanche
sur chemise sombre, chapeau mou cassé. A l'époque, les
hommes de poids ne respectaient que les braqueurs. Si on
n'avait pas cassé trois ou quatre banques en envoyant la
fumée, on n'avait pas de palmarès et on se taisait en bout
de table. Si on avait le droit de s'asseoir. J'ai entendu
l'héritier du célèbre patron du milieu marseillais,
Guerini, soupirer : "Mon père, quelle fortune il aurait pu
faire dans la drogue ! Mais ça ne l'intéressait pas. Seulement les casses." Pierrot le Fou, Sinibaldi dit Della Pina

s'étaient spécialisés dans le hold-up. La Boulange dans les faux billets. La noblesse et le clergé. Les cigarettes, c'était vulgaire, la roture. Maintenant, je vais citer la presse de l'époque. Textuellement. Pourquoi la presse ? Parce que – c'est une règle – je ne donne jamais une pièce d'un dossier. Et parce que des articles publiés, signés des plus grands noms, Diwo, Pontault, qui n'ont jamais fait l'objet d'aucun démenti, d'aucune plainte en diffamation, c'est une garantie. »

Il y eut un silence approbatif que les garçons employèrent à servir les tables voisines.

« L'épopée du tabac blond avait commencé au lendemain de la Libération avec le pillage plus ou moins organisé des bases de ravitaillement de l'armée américaine. Très vite, la Chesterfield prit le dessus sur les "rations K", les boîtes de *beans* et les jerricans d'essence. A Marseille, à Soissons, à Brunswick, à Hambourg ou à Anvers, elle devint l'étalon-or du marché noir. La guerre s'éloignant, les cours montèrent et les "américaines" commencèrent à manquer dans les bars et les restaurants chics. C'est alors que l'Amérique réexpédia en Italie Lucky Luciano, ennemi public numéro un à Chicago, en provenance directe de la prison de Sing Sing où il purgeait une peine de cinquante années de réclusion. En le libérant, l'Amérique payait, dit-on, une dette de guerre : l'aide de la Mafia au débarquement allié en Sicile. Jusqu'à sa mort, Luciano sera derrière tous les trafics de cette partie de la Méditerranée.

« Calcul élémentaire : partie de Tanger à trente francs le paquet, l'"américaine" valait cent francs à la réception en France. C'était moins élégant que le braquage de banques, certes, mais le transporteur triplait sa mise. Le procédé était trop simple pour n'être pas imité. Une véritable armada fit la navette entre Tanger et la France : la *Charmante*, avec son équipage exclusivement féminin, transporta longtemps cent mille paquets à chaque voyage ; Paul Leca, l'invulnérable gangster des bijoux de la bégum, arma la *Caroline* et le *Neptune* ; Jean Pozzo, le *Delta*.

« Décidé à en finir avec la concurrence, Lucky remarqua alors un personnage, Antoine Paolini, dont l'actualité venait de faire une vedette. Pour le compte de Jo Renucci (un ami de Luciano), il avait abattu, porte de Pantin à Paris, son rival Ange Salicetti, appelé aussi "le saint", fils d'un gardien de bagne et ancien séminariste. Antoine Paolini a quarante-cinq ans, dix-huit années de fric-frac et un casier judiciaire bien garni. Sa mince silhouette l'a fait surnommer "la Planche", ou plus couramment "Planche". Quelqu'un qui compte a un surnom. Comme une épithète homérique. Le prologue est terminé. La véritable épopée commence. Chant I.

« Planche, qui s'était si bien acquitté de sa mission, se voit confier par Jo Renucci et Lucky Luciano le commandement des troupes de choc chargées de "régulariser" le trafic des cigarettes.

« En février 1951, il débarque à Tanger où il retrouve l'état-major américain de Luciano : Forrest au teint d'olive mûre, tout en angles, au regard cruel ; Charles Mirenda et sa femme Shirley, magnifique blonde aux yeux verts, qui vivent à bord de leur yacht le *Sayon*.

Sydney Paley, dit "l'homme à la Cadillac jaune", qui cache sous les dessous d'une affaire de nylon ses attaches avec le gangster Franck Costello. Le trio dispose de trois bateaux et d'un petit avion et règne sur tous les marginaux de la guerre et les ratés de l'aventure, échoués à Tanger. Pour compenser la baisse des cours, il faut décourager les contrebandiers de seconde zone. Le meilleur moyen consiste à aborder en pleine mer ces amateurs et à leur confisquer purement et simplement leur cargaison. Comme elle était assurée, très régulièrement et très cher, l'opération pouvait être doublement bénéficiaire. Un peu compliquée, mais rentable.

« Pour roder leur organisation, la Planche et Forrest décident de prendre à l'abordage un petit bateau : le *Riff Rock*, dont le propriétaire, un certain Fred Verano, travaillait à la fois pour l'organisation italienne de Luciano et pour son propre compte. Les deux pirates le laissent sagement effectuer son voyage "officiel" et l'attaquent en pleine mer alors qu'il se livrait à ses propres affaires. Dix hommes masqués surgissent soudain d'une grosse barque de pêche. Pistolet au poing, ils maîtrisent le capitaine, bâillonnent l'équipage et s'emparent de trois cents caisses de Chesterfield. Premier essai, premier butin : la flibuste a du bon, on décide de continuer. Le *High Land Lassie*, l'*Angus*, le *Rambic*, le *Porcupine* sont arraisonnés et pillés.

« La nouvelle île de la Tortue, c'est Riou, la plus lointaine des îles Blanches, qui dresse ses rochers en dents de scie à dix-huit kilomètres du Vieux-Port de Marseille. Une seule touffe de verdure, sept tamaris, des milliers de goélands. Il faut louvoyer entre les récifs pour y aborder, escalader les éboulis, se frayer un passage dans les lentisques et les argémones. Au temps des barbaresques d'Alger et de Tripoli, Riou était déjà le grand carrefour des routes de la piraterie. La Planche en fit le havre des corsaires du tabac.

« Pour ne pas perdre la main, les pirates attaquèrent une seconde fois le *Riff Rock* en mars 1952. Cinq cents caisses de cigarettes. C'est alors que se noue l'affaire du *Combinatie*, un petit cargo noir de deux cent soixante-cinq tonneaux loué à une compagnie hollandaise par un nouveau venu à Tanger : Placido Pedemonte, citoyen italien ou argentin, selon l'un ou l'autre de ses passeports. Bravant Luciano, il part un beau matin vers les côtes italiennes coiffé d'une casquette de navigateur de cinéma. Les flancs du *Combinatie* sont bourrés de deux mille sept cents caisses de "blondes", assurées pour quatre-vingt-quinze mille dollars. Le très gros chargement. C'était le 3 octobre. Dans la nuit du 4 au 5, une vedette, l'*Esme*, aborde le cargo aux Chesterfield, Forrest en prend le commandement et conduit tranquillement le *Combinatie* vers l'île de Riou où Paolini l'attend avec ses troupes : treize hommes de main recrutés au Panier, cent mille francs de prime par homme, dans deux bateaux rapides, le *Notre-Dame-de-la-Garde* et un canot jaune au nom peint en lettres noires, le *Ricard XX*. La mer est démontée et, comble de malheur, deux vedettes de la douane marseillaise, qui avait eu vent de quelque chose, croisent dans les parages. Interpellation. "Simple partie de pêche entre amis." La douane se retire. Mais l'avertissement a suffi. Quand cent millions sont en jeu, on prend ses précautions : la Planche et Forrest décident de mettre le cap sur la Corse, après avoir remplacé l'équipage de l'*Esme* par des hommes plus familiarisés avec la côte de l'île de Beauté. Puis les deux bateaux, voguant de conserve dans la tempête, mettent le cap sur Ajaccio.

« Pourquoi une aventure se transforme-t-elle en épopée ? Cette nuit de tempête au large de Riou fut cause de tous les orages à venir. L'affaire semblait pourtant bien engagée : les deux mille sept cents caisses avaient été débarquées sans aucune difficulté en baie d'Ajaccio, à Isobella, village natal de Planche, et réparties par ses soins un peu partout dans la région. Une partie avait même été entreposée dans les caveaux d'un cimetière. Mais Pedemonte et son équipage, libérés après douze jours de captivité, portent plainte. Le début des ennuis. Paolini doit transférer son butin dans d'autres cachettes et Luciano commence à exiger des comptes. Forrest, qui s'était retiré dans une ferme de la Tour-d'Aigues, dans le Vaucluse, où il se faisait passer pour un écrivain américain sourd et muet, commence à montrer les dents. En novembre 1954, trois coups de feu claquent dans la rue du Panier, et Planche échappe de peu à la mort au volant de sa voiture américaine. Avertissement. »

Le ton, si calme, de Septembre ajoutait à la qualité du récit. A quoi songeait Août ? Août ne cillait pas. Ces aventures de truands étaient vraiment des histoires de garçons. Pas tout à fait adultes. Jusqu'à quel âge jouent-ils aux soldats de plomb ? Apparemment bien après que les filles ont rangé leurs poupées. Au coin de sa bouche on aurait pu apercevoir une toute petite ride, sympathique et ironique à la fois. De temps en temps, Septembre s'arrêtait pour tousser, nettoyer ses lunettes, se polir le crâne d'une main ferme : question de clarté.

« J'aimerais qu'un auteur de la Série noire raconte l'*Iliade* comme une affaire d'honneur entre truands corses. Remplacez les noms inconnus que vous allez entendre par ceux, plus illustres, d'Ajax, Achille, Patrocle, Hector. C'est tout. Revenons au *Combinatie*, après la tempête. Dans les caisses déposées en Corse, chacun se sert sans vergogne. Il faut donc nommer un gardien du trésor. Jeff (appelons-le, celui-ci, par son prénom) et Planche décident de désigner un homme sûr, Dominique Laurenti. Malheureusement, quelques semaines plus tard, Laurenti exécute, sur un coup de nerfs, un certain Vernis, dans une boîte de nuit d'Ajaccio, à la suite d'une sombre rivalité amoureuse. L'*Iliade* ne s'ouvre-t-elle pas aussi, entre rois et fils de rois, par le rapt de la belle Hélène ? Pour échapper aux foudres de la famille Vernis, Laurenti doit prendre le maquis. Avant de disparaître, il confie la garde du trésor à Charles le Corse, l'estimé propriétaire du bar de Pigalle *L'Indifférent*, en "convalescence" forcée à Ajaccio après le meurtre d'un Maghrébin importun. Fin du Chant II.

« Les grands drames historiques commencent toujours par un détail plutôt vulgaire, une insulte banale. Ensuite se mettent en route la folie logique des hommes et la machine à tuer. L'un des fidèles de Planche, Dominique Muzziotti, dit "Doumé", confie à un intermédiaire un cadeau pour un cousin de Planche, François Morozzani, qui vit dans l'île. Délicat présent : une boîte de cigares cubains, aux bagues ornées de ses initiales. L'intermédiaire, un parent de Charles, mange la consigne et fume les havanes. Morozzani, furieux de ce grave manquement, débarque un soir dans un bar d'Ajaccio que fréquente M. Charles et l'agresse publiquement : "Tu m'as volé mes cigares !" La réponse de M. Charles ne se fait pas attendre. Morozzani reçoit à la volée une gifle sonore. Vexé, il court se réfugier sous le holster de Planche, à Marseille. Pour se justifier il grossit l'événement, invente des "paroles blessantes" de Charles contre Planche. "D'ailleurs, les blondes m'appartiennent et je les garde..." La guerre de Troie a commencé, pour une boîte de cigares. La guerre de Troie et le règlement de comptes.

« Le code d'honneur ne comporte qu'un article pour les affronts : la mort. Planche embarque donc pour la Corse avec trois "gâchettes". Pour plus de prudence, de nuit, sur un cargo à bestiaux, avec une voiture volée. A deux heures du matin, 18 février 1955, Charles regagne seul et sans garde du corps l'hôtel Impérial d'Ajaccio. Alors qu'il quitte sa Traction avant (15 CV), une automobile surgit de la nuit et fonce sur lui. L'homme de Pigalle a compris, il plonge sous une voiture. Un colt, une carabine américaine et un fusil de chasse aboient en même temps. Les jambes de Charles sont hachées. Il sera amputé la nuit même, puis équipé de jambes artificielles dans un hôpital britannique spécialisé dans les blessures des pilotes de guerre.

« Charles est un homme d'autorité, très estimé dans l'île, maire d'un village au sud d'Ajaccio, Pila Canale, trois cent soixante-dix mètres d'altitude, huit cent quarante et un habitants. A l'époque de sa naissance, le Guide bleu évoque seulement la beauté des vues sur le golfe et les dangers des virages de la route. L'histoire locale glorifie le souvenir de Sampiero qui égorgea de ses mains sa femme accusée de soutenir l'ennemi génois. Charles invalide à vie, il faut payer le "prix du sang". Il faut se dépêcher de choisir son camp, sous peine de risquer les tirs croisés. Les "ténors" donnent raison à Charles. La gifle n'était que la réplique appropriée aux propos blessants. Les amis de Planche se détournent de lui. Jeff et François eux-mêmes l'abandonnent. Dans la lutte à mort qui s'engage, seuls les survivants auront raison. La noria des corbillards commence. En deux ans, elle va faire seize allers et retours. La dernière victime tombera dix-sept ans après le début des hostilités. *"La haine n'a pas de cheveux blancs."*

« Bien avant la police, le clan de Charles a identifié les auteurs de l'attentat dont il a été victime : Planche lui-même, assisté de Paul Caselli, dit "Pol Pol", et de Jean-Louis Tristani. Le 12 mars 1955, Planche quitte le *Bar des Colonies*, son QG du quartier du Panier. Il a troqué sa somptueuse Pontiac havane trop voyante contre une modeste 4 CV de location. Soudain, à l'angle de la rue de l'Observance et de la rue Leca, une grosse Chambord bloque la petite auto : deux mitraillettes crachent.

Planche s'écroule dans son sang, son pistolet Walter PPK à la main : éclatement de la rate, poumon gauche perforé. Il s'en tirera, gardé jour et nuit par ses hommes à la clinique Monticelli.

« Planche hors d'atteinte, c'est son "adjoint" qui va payer. Le lendemain, dimanche, Tristani se rend paisiblement à Caldaniccia, en Corse, pêcher la truite. Pour retourner chez lui, le soir, il utilise le taxi de Napoléon Leca. Soudain, au milieu de la route, une valise ! Tristani descend l'examiner. Il est foudroyé d'une salve de quarante balles. Un vrai peloton d'exécution. Le chauffeur de taxi n'a rien vu, à peine entendu.

« Rapport du commissaire Mattei, premier aède de cette nouvelle *Iliade* de la boîte de cigares. Mars 1955 : "Rien ne paraît devoir arrêter le désir de vengeance des uns et des autres. D'un côté, nous trouvons Planche, qui, bien que fortement diminué, attend avec une rage concentrée le jour de sa guérison. De l'autre, les frères de François, regroupés avec les frères de Jeff, sous la bannière de Charles. Cette équipe, composée d'hommes plus courageux et plus intrépides, devrait s'imposer, surtout si Planche disparaît le premier. Nous sommes d'ailleurs dans l'incapacité de préciser quel sera l'ordre chronologique des prochaines victimes. Toutefois, il apparaît maintenant certain que la célèbre rivalité qui a opposé, pendant plus de dix ans, Ange Salicetti à Jo Renucci et à Planche (ayant entraîné la mort d'une trentaine de hors-la-loi) risque d'être dépassée par celle qui oppose depuis plusieurs semaines Planche à Jeff." Fin du Chant III.

« Le 11 juin 1955, un transitaire en bestiaux d'origine corse, Jacques Oliva, est retrouvé percé de quinze balles, boulevard Mireille-Lauze, à Marseille. Planche, en personne, dépose sur la tombe une luxueuse couronne portant ces mots limpides : *"A mon ami."* Oliva avait, en effet, organisé le discret transport de Planche dans le bateau à bestiaux, lors de l'expédition en Corse contre Charles. La guerre de Troie n'est pas près de finir.

« Le 18 juillet, le frère de Charles, Jacques, qui a bien sûr épousé la cause familiale, est abattu devant son garage par de faux touristes. Cette mort-là, qui touche directement Charles, doit être expiée et va livrer aux pompes funèbres une nouvelle fournée. En deux mois, plusieurs fidèles de Planche tombent. 24 juillet : Jean Faby, fauché à bicyclette. Le 27 août 1955, un ami d'enfance, François Cassegrain, patron du bar *Le Sporting*, cours Napoléon, alors qu'il prenait l'air devant la porte. Le 2 septembre, ses deux frères, Philippe et Jean, devant l'hôtel Continental à Ajaccio.

« La panique gagne le milieu. Personne n'ose plus sortir le soir. Jamais les nuits de Marseille n'ont été aussi sûres... Une seule voie pour obtenir le cessez-le-feu : la peau de Planche contre la paix. Planche le sait. Il s'est réfugié sans sa "légitime" dans une HLM de la banlieue ouvrière de Marseille, chez deux jeunes femmes de seize et vingt ans, Cédialène et Jeanne. Les cheveux et la moustache teints en roux, il ne sort qu'avec la plus jeune, car il ne croit pas qu'on aurait la cruauté d'abattre une jeune fille avec lui. En ce temps, on a des principes. Comble de la prudence, il ne se déplace qu'en 2 CV, une voiture insensée pour le milieu. Tous l'ont abandonné. Il est sans ressources et ne compte plus autour de lui que deux "amis", Alexandre Bustico et Marius Salvati, dit "Meu", surnommé également "le Croque-Mort" en souvenir de l'époque où, employé municipal au cimetière Saint-Pierre de Marseille, il récupérait les dents en or des trépassés... Deux hommes vacillants qui, en outre, tare impardonnable, ne sont pas d'origine corse mais italienne. Quelle fin ! En 2 CV avec des Napolitains.

« Un des associés des débuts à Tanger, avec Jeff et Planche, François, qu'on appelle maintenant "le Grand", s'est déplacé tout exprès de Paris. Il coince les deux hommes au fond d'un bar de Marseille et leur met le marché en main : "Votre peau contre celle de Planche, trois millions si vous l'abattez, trois balles si vous refusez." Proposition difficile à repousser. Les deux traîtres retournent voir leur chef et lui annoncent qu'ils ont monté une combine pour le renflouer. 14 novembre 1955. Cinq heures du matin. Ils sortent Planche de sa tanière, l'entraînent en voiture vers le quartier Saint-Gabriel. Après quelques minutes, celui-ci s'inquiète de la destination. La réponse vient : une balle dans la nuque à bout portant. Son corps est abandonné au cimetière Saint-Julien. Fin du Chant IV.

« Au quartier du Panier, à Marseille, et dans l'île de Beauté, on respire enfin. Les truands arrêtés par la police ouvrent leur veste en riant : plus d'armes à dissimuler. La guerre est finie. Vite dit... Vous reprendrez bien un cigare.

« Charles, le jeune Corse aux jambes métalliques, n'a pas épuisé sa vengeance. Des amis de Planche vivent encore et le narguent. Les assassins de son frère n'ont pas tous payé. "Ils" doivent disparaître. C'est la loi. Jeff et François, que je ne mentionne toujours que par leurs prénoms, seront ses assistants. Eux se battent pour l'honneur, bien sûr, mais aussi, en prime, pour assurer leur emprise totale sur le milieu.

« Prochaine cible : Dominique Muzziotti, dit "Doumé", le lieutenant de Planche, celui qui a expédié les fameux cigares en Corse. Doumé paraît sauvé par la chance. Le 30 décembre 1955, il est arrêté par le commissaire Mattei. Hors d'atteinte ? Pas sûr ! "Le jour même de son interpellation, racontera bien plus tard le commissaire, un important homme politique corse m'appelle et me demande une faveur : laisser Doumé en liberté pour quarante-huit heures." Le commissaire songe à un drame familial et remet l'homme dehors. Le soir, à vingt-deux heures, pas de Doumé. Le policier a compris : Muzziotti vient d'être exécuté... Au café *Mon Bar*, rue Puits-du-Denier, une voix lui a crié : *Ghjiustizia sarra fata*. Doumé comprend et plonge la main vers son holster. Cinq coups stoppent son geste. Il s'écroule sans un cri, la cigarette qu'il allait allumer encore collée aux lèvres.

« Le soir, alors que tout Marseille fête la nouvelle année 1956, la famille de Doumé veille son mort. Des "julots" aux grands braqueurs, le Gotha du milieu défile en procession. Paraissent un célèbre avocat, un conseiller municipal, divers industriels et hommes d'affaires, tous se faufilent avec des mines inquiètes. Aux obsèques, le lendemain, le cortège est plus clairsemé. Le corbillard gravit lentement la sente qui mène au cimetière Saint-Julien. Celui-là même où le corps du patron de Doumé a été abandonné. Les amis de la nuit se sont évanouis, mais l'énorme montagne de fleurs montre qu'ils sont présents par la pensée. Une immense couronne porte cette menaçante promesse : *"Nous veillerons à ton sommeil."* La boîte de cigares n'est pas encore vide.

« Le frère de Doumé, Joseph Muzziotti, dit "Zé", veut venger son frère. La machine à régler les comptes s'emballe de nouveau. Les voyous replongent dans leurs abris. D'autant que, très vite, les antennes du milieu diffusent le nom du tueur de Doumé, Jean Susini, dit "le boiteux" (toujours les épithètes homériques), un solide malfrat ami de Jeff et de François. Zé envoie une estafette, Salvatore Pivetta, dit "Jo le Parisien", pour repérer Susini. L'éclaireur l'aperçoit le 19 février 1956 en compagnie de son neveu et de ses gardes du corps, Hyacinthe et Jean-Pierre Quilichini, sirotant paisiblement un pastis *Chez Mercédès*, un bar près de l'Opéra, le quartier chaud de Marseille. Le quartier s'est vidé en un éclair. On ramassera sur place plus de cent douilles... Susini et son frère blessés sont emportés dans une Traction conduite par Marcel Di Pasquale, un "allié", qui les mène sous escorte à l'hôpital de la Conception. Pivetta, de son côté, transporte Zé, atteint au pied, à la clinique Monticelli, la clinique préférée de Planche : les blessés par arme à feu y sont inscrits sous la mention "accidents du travail". C'était le Chant V. »

Septembre marque une pause, pour souffler et apprécier autour de lui le frais décor de *La Méditerranée*. On entend : « Une morue purée céleri, un rumsteck dans l'aiguillette. » Puis il reprend : « Xavier Gaziello a été tué à Ajaccio en juin 1956. Dominique Laurenti qui avait reçu, on s'en souvient, la garde des cigarettes en Corse avant de la repasser à M. Charles a trouvé la mort à Salon-de-Provence en août 1956. Louis Predali a été abattu à Ajaccio en décembre 1956. Il y aura à Marseille un procès contre les auteurs de ces règlements de comptes. Intermède judiciaire pittoresque. On se presse au palais pour assister au spectacle. Les ténors du barreau sont là : Mᵉ Fillipi pour Susini, Mᵉ Chiappe pour Zé, Mᵉ Bernus-Mihière pour Di Pasquale. Les trois inculpés expliquent innocemment qu'ils sortaient d'un taxi lorsque des étrangers inconnus les ont attaqués... Deux ans pour Zé et Susini, un an pour Di Pasquale. Ce dernier est si heureux qu'il embrasse son avocat à l'audience. Sa joie sera de courte durée. Quatre jours après sa libération, il est exécuté, lui aussi près de Salon-de-Provence, de deux balles dans la nuque. Ainsi se termine le Chant VI.

« Pourtant, en cette fin d'année 1957, la paix point enfin à l'horizon. Les chefs de guerre, Jeff et François, dressent un bilan victorieux. La bande adverse, celle de Planche, est anéantie. On peut refermer la boîte de cigares et signer sans honte la paix des braves. Charles, des hauteurs de Pila Canale, a un beau geste : il laisse la vie sauve à Paul Caselli – Pol Pol –, l'allié de Planche qui avait participé à l'attentat d'Ajaccio. Sa famille, honorablement connue à Bastia, serait intervenue pour qu'il pardonne l'outrage... Charles accepte, à une seule condition, impérative : que Pol Pol ne remette jamais les pieds en Corse. Jamais.

« 16 février 1964, une heure trente du matin. Un homme se presse sous le vent glacial, cours Paoli, à Bastia. Paul Caselli sort d'un cercle de jeu où il vient de gagner plus d'un million de francs. Ses amis, qui ne l'avaient pas revu depuis neuf ans, lui ont fait fête. Pol Pol a grossi. Un rubis orne son doigt. Il tient un bar à Marseille et "soutient" de nombreuses filles à Paris, à Nice et même au Moyen-Orient. "Quel souci, ces filles !..." Ginette, une belle brune, ancienne danseuse espagnole au *Florida* de Marseille sous le nom de guerre d'Eduarda Sanchez-Ramona, vient de lui écrire de Chypre, où il l'a expédiée. Il a encore sa lettre et sa photo dans son portefeuille. Elle se plaint de ses conditions de travail : les rivalités gréco-turques occupent les soldats anglais, qui, du coup, fréquentent moins les boîtes de l'île. Ces conflits sont bien agaçants. Où l'envoyer au calme ? Paul songe au Liban...

« Notez-le : les plus doués, les plus intelligents, les plus méfiants marchent eux-mêmes vers leur fin. Et pourtant, ce sont des professionnels. En pensant aux vieilles menaces, Caselli frissonne et presse le pas. Son regard fouille la nuit, il se retourne. Tous ses amis marseillais l'ont mis en garde : "N'y retourne pas. Tu n'en reviendras pas." "Bah, pense-t-il, je me fais trop de bile, tout ça c'est fini." Pour atteindre sa grosse

Rambler noire, il traverse la rue Saint-François, déserte, et longe une palissade de canisses qui protège un magasin en réfection. Dans la palissade, trois trous, trois meurtrières... Elles crachent toutes le feu : onze chevrotines et deux balles de neuf millimètres. *Ghjiustizia sarra fata*. Pol Pol n'aurait pas dû revenir...

« Mais le bilan n'est pas encore au clair et des combats d'arrière-garde se poursuivent. En mars 1965, un lieutenant de Planche, Laurent Belgodere, dit "le Noir", est abattu d'une rafale de mitraillette sur la place Mazeau. La famille de Zé Muzziotti désire toujours ardemment la peau de Jean Susini, l'assassin de Doumé. Ils y mettront le temps, ils l'auront. Le 16 décembre 1970, Jeannot est appelé d'urgence au téléphone, dans son bar favori ; un homme masqué l'attend dans la cabine : deux décharges de chevrotine. Adieu Susini !

« Ne restent plus que les deux Napolitains. Alexandre Bustico et Marius Salvati, dit "Meu", qui ont trahi Planche. Bustico est abattu par la police lors d'une tentative de hold-up à Peyrolles, dans la banlieue marseillaise. Salvati aurait dû être à ses côtés, mais, superstitieux, il ne braquait jamais le vendredi. Le 12 mars, il promène son chien rue des Belles-Ecuelles, au cœur du Panier. La vie est belle, le soleil brille, il est libre et ne craint personne. Erreur... Trois tueurs postés derrière les fenêtres de l'Hôtel-Dieu le mitraillent à bout portant, passent en sifflotant devant le poste de police chargé de surveiller les détenus hospitalisés, puis se perdent dans la foule. Dix-sept ans, jour pour jour, après le meurtre de Planche. Un signe qui aurait dû troubler ce grand superstitieux. Qui a tué Meu ? On ne le saura jamais. Fin du Chant VII.

« Il y a doute sur un cadavre : on ne peut pas arrêter les comptes. C'est tout le drame de la rigueur, la rigueur insulaire. »

Septembre se tut. Jamais son ton n'avait dépassé le *recto tono* qu'il affectionnait. Je l'ai dit, il détestait les accents. Jamais il n'avait paru éprouver le moindre parti pris, ni la moindre préférence. Il détestait les manifestations publiques, dont celle des sentiments. Un homme d'ordre.

Les serveurs apportèrent le plat principal, poisson grillé ou en sauce. Chacun son genre. Dans le bruit des fourchettes et des verres, un excellent Graves, les membres du Cercle des douze Mois échangeaient les premiers commentaires ou évoquaient le Tanger de la grande époque. Deux anciens du commando Conus – Kessel les a décrits dans son livre au titre assez clair : *Tous n'étaient pas des anges* – discutaient Indo et trafic des piastres. Quelqu'un demande : « Mais est-ce que notre ami Septembre n'est pas en train de faire l'apologie du crime ? »

Septembre tousse, essuie ses lunettes : « Je préfère ceux qui ont une parole à ceux qui confondent tout, dit-il. Il n'y a pas de République sans fierté. Déjà, en renonçant aux colonies, on avait privé les Corses de la dimension impériale qui leur est absolument nécessaire. Maintenant, on laisse se créer en métropole "des zones de non-droit". La faute impardonnable de cette époque est le refus de distinguer. Les casseurs de banlieue seraient d'intéressantes victimes, on "comprend" les assassins en manque de drogue, on excuse les bandes de loubards qui mettent le feu aux voitures et attaquent les pompiers. Les pompiers ! Les personnages les plus populaires de toute l'imagerie française ! Il y a pire que le mal : l'incertitude du mal et du bien. Plus un évêque n'ose parler de morale. Comment voulez-vous que les policiers fassent leur métier si les curés ne font plus le leur ? Seul le pape a encore un peu de conscience professionnelle. Le clergé français le déteste. C'est bon signe. Et pourtant, ce ne sont pas mes opinions philosophiques. »

A cette phrase, chacun comprit que Septembre était un Frère . ˙ .. Comme Janvier. Chacun sentit aussi pour la première fois de la passion dans sa voix. D'ailleurs, à deux reprises, il laissa passer une pointe d'accent corse.

Puis un Mois revint à la remarque finale : « Puisqu'il reste un cadavre en suspens, le règlement de comptes n'est donc pas terminé ?

– Ah, dit Septembre. La rigueur comptable et l'épopée héroïque sont deux sœurs qui se tiennent par la main. Si les hommes ne comptent plus, les dieux comptent entre eux. Le massacre continue. »

Plusieurs membres du Cercle demandèrent au président d'inviter Septembre à s'expliquer, quitte à entrer dans l'actualité.

« Soit, dit Septembre. Mais le sujet est trop brûlant et même dangereux. Cette fois, je ne peux pas me cacher derrière la presse. Je vais avoir recours à l'ellipse ou à la litote, voire user d'initiales, procédé plus grossier. Sachez seulement que pour le *Combinatie* le bilan est de dix-sept morts, sans parler des blessés. Dans l'affaire du *Trésor du Président*, nous venons de dépasser les vingt tués. »

Une pause pour que circule le plateau de fromages. Le maître d'hôtel recommanda le saint-marcellin, exceptionnel. Des clients réglaient leur addition. La salle de *La Méditerranée* se vidait. Le chef serrait quelques mains. On apportait les manteaux.

« *Le Trésor du Président* », dit Septembre, d'une voix plus blanche encore que d'habitude, et si bas, si bas, que chacun tendait l'oreille. Les garçons, qui desservaient les tables, maniaient les assiettes du bout des doigts pour ne pas troubler l'attention.

« Après son élection en 1981, le Président François Mitterrand doit, comme il est de règle, visiter tous les départements français. Il ne peut pas éviter la Corse. Il dit à Gaston Defferre, son ministre de l'Intérieur : "Débrouillez-vous pour qu'il n'y ait pas de schproum." Ainsi parla la plus haute autorité de la République. Et le ministre, qui se préoccupait de sa grande œuvre de décentralisation, convoque le secrétaire d'Etat chargé de la Sécurité et lui dit : "Le Président vient en Corse. Débrouille-toi pour qu'il n'y ait pas de schproum." Ainsi parla le ministre. Et le secrétaire d'Etat, qui était corse, se débrouille. Il prend contact avec indépendantistes et divers tireurs de rafales sur gendarmeries. Quarante-huit heures de trêve, cela coûte combien ? Pas très cher. Cent millions, dit-on. Le Trésor du Président. Pour la visite officielle, en juin 1983 la trêve fut respectée.

« Mais qui commande au temps ? Et le temps se mit à l'orage comme devant l'île Riou quand les joyeux pêcheurs s'apprêtaient à débarquer les deux mille sept cents caisses du *Combinatie*. A l'orage et à la tempête. Un haut fonctionnaire corse en poste à Bastia eut vent de la transaction. Il connaissait le milieu et aussi le chiffre du Trésor versé aux indépendantistes. Il était patriote et résolument opposé à une certaine forme de gangstérisme nationaliste. Il prévient le milieu. Que fait d'autre un policier digne de ce nom quand les autorités refusent de voir le crime et que les magistrats élargissent faute de preuves ? On se souvient du *Bar du Téléphone*, à Marseille, où deux bandes rivales se fusillèrent sur un faux rendez-vous savamment organisé. Les avocats n'y trouvèrent pas leur compte. Les bons citoyens n'eurent qu'à s'en réjouir.

« Et maintenant, suite de l'affaire du *Combinatie*, avec, de nouveau, M. Charles. M. Charles, toujours aussi respecté, est maire de Pila Canale et conseiller général sans cesse réélu. Une admiration quasi filiale entoure l'ancien propriétaire du bar *L'Indifférent* à Pigalle quand il entre, poussé, quasi porté dans l'austère palais Lantivi, où siège depuis 1863 le conseil général. Il a perdu ses jambes dans le règlement de comptes ? Il a gagné l'estime de tous, non seulement par sa victoire sur Planche mais par la façon dont il gère le milieu, arbitre, conseille. Un sage. M. Charles convoque les hommes de poids. Et de sa voix si mesurée il leur dit : "On leur a tout appris, aux indépendantistes. Les armes. Les explosifs. Les réseaux. Le racket. Non, pas tout. *On ne leur a pas appris la politesse. A partager.*" Un grand moment. Chacun salue

119

ces paroles de sagesse. Le milieu passe à l'action. Pour un principe. Le montant compte peu. Ainsi naissent ou renaissent les guerres. Et les épopées.

« Le fils d'une famille de Corse du Sud liée aux indépendantistes est enlevé. Il est torturé "à l'ancienne" pour qu'il dise où est le magot. On lui brûle les pieds. Le jeune homme savait-il, ou non ? Il meurt en tout cas sans rien dire et son cadavre disparaît. Tout le compte du *Combinatie*, laissé ouvert, reprend et M. Charles vérifie une fois de plus les chiffres. Celui qui avait prévenu le milieu est abattu en septembre par un motard casqué qui le double dans une côte, au sud de Bastia. Deux acolytes qui se croyaient à l'abri, à l'ombre de la prison d'Ajaccio, sont assassinés dans leurs cellules, devant les gardiens muets qui ont passé les clés sans trop se faire prier. "C'était des violents, monsieur le préfet. On l'avait tout de suite vu. Nous, on n'est pas pour la violence." La comptabilité s'emballe. Aujourd'hui, je crois que nous en sommes à vingt cadavres. M. Charles est mort dans son lit entouré de la considération générale. Mais j'en connais qui n'ont pas dit leur dernier mot. Et le Trésor du Président n'a toujours pas été partagé. Est-ce que l'*Iliade* a vraiment une fin ? »

Il y eut de nouveau une pause que le service mit à profit pour apporter les cafés. Certains l'accompagnèrent d'un doigt d'armagnac vieux, réserve du patron.

« Hum, dit Janvier en jouant avec son chapelet d'ambre. Hum. Voilà une histoire exemplaire de grande qualité. Question ? »

Mais le récit se suffisait amplement, et il n'y eut parmi les membres du Cercle que des murmures d'approbation. Alors, dans la satisfaction générale et l'euphorie des après bons dîners, Janvier se laissa aller. Une faute. « Et puis, au moins, voilà un récit du mois où personne n'a été amoureux d'Août. » Catastrophe. Il ne fallait pas souffler sur les braises des sentiments.

Un membre demanda : « Est-ce que Septembre a connu Août, quand Août était à l'Elysée ? » Le visage de Septembre se ferma. Mais son silence était interprété comme un acquiescement et les questions redoublaient. Le président Janvier n'osait même plus déclarer la séance levée, il n'aurait pas été suivi. « Je n'ai connu que son dossier », finit par dire Septembre entre ses dents. Rumeur. Août avait donc un dossier ? Brouhaha. « Tout le monde a un dossier, dit Septembre. Surtout les intimes des premiers cercles autour du président. C'est une règle. » Août faillit intervenir. Ses yeux brillaient, elle rejetait ses cheveux de la main. « Est-ce que... » puis elle se tut et regarda ses ongles. Mais la curiosité fut la plus forte et elle dit : « Peut-on savoir ce qu'il y avait dedans ? »

Ce fut un de ces instants où parfois une vie bascule. Septembre regarda Janvier. Des membres du Cercle insistaient. Janvier murmura : « Si Août le souhaite. C'est son dossier. » Le piège. Août, les yeux toujours brillants, le rouge aux joues, fit signe que oui, Janvier fit signe que oui, et Septembre parla. On aurait pu entendre le bruit des mâchoires du piège qui se refermait.

« Pour tout intime du Président, il y a un dossier de sécurité. La règle, disais-je. En outre, le membre du cabinet présidentiel que nous appelons Août avait, lors d'un voyage officiel en URSS, eu un contact avec un agent des services du KGB. Une enquête s'imposait donc. Elle a montré la totale innocence d'Août. »

De nouveau, une rumeur montait des Mois, d'un ton plus grave.

« On arrête ? dit le président Janvier. On arrête.

– Non, dit Août. Au point où nous en sommes, je veux savoir. Qu'est-ce que c'est que cette histoire de contact avec le KGB ? Qu'est-ce que... Elle s'étouffait, l'indignation relayant la curiosité. J'étais sur écoute ?

– Bien sûr, dit Septembre très froidement. Tous les intimes sont sur écoute. Certains aiment être tenus au courant des conversations de leurs proches. Mais cela n'a rien à voir avec l'incident de Moscou. Incident est d'ailleurs un bien gros mot.

– Mais quoi ? Août cria presque. Quoi ? Que me reprochait-on ?

– Nous ne sommes pas dans un monde du reproche mais du contrôle, dit Septembre encore plus froidement en regardant les plafonds bleu ciel de la Méditerranée. Lors d'une visite officielle à Moscou, donc, la partie de la délégation française qui n'était pas au dîner restreint décide d'aller dîner dans un grand hôtel pour étrangers qui fait aussi boîte de nuit. Coups de téléphone entre les cinq ou six membres de la délégation, qui sont bien sûr entendus par les services soviétiques. Quand vous arrivez ensemble au restaurant, comble comme toujours en URSS, il y a par miracle une table vide, avec six couverts, qui attend. C'est clair ? Dès que vous êtes installés, le maître d'hôtel vous apporte une bouteille de champagne (caucasien). "Mais pourquoi ? Mais qui ? – C'est ce monsieur-là, au bar, en hommage à la beauté de la jeune dame étrangère." Bien sûr, vous l'invitez à se joindre à vous pour boire le champagne. La chaise supplémentaire était déjà prête – toujours très clair, non ? Joli garçon, l'offreur de champagne caucasien. Danse. Il vous donne rendez-vous le lendemain dans le métro. Romanesque ? Touristique. On a le droit d'aimer la couleur locale. Un de vos collègues prévient notre ambassade. Le reste relève de la routine. C'était un capitaine du KGB. Vous savez que la différence essentielle entre les services de renseignements de Moscou et ceux de l'Occident est que nous cherchons le document alors que eux cherchent la personne qui pourra leur donner le document.

– Mais, dit Août furieuse, c'était un berger géorgien en vacances, tout à fait...

– Il était habillé comment ? coupe Septembre, faussement détaché.

– Je ne sais plus. Je n'ai pas remarqué. Un blue-jean délavé comme tout le monde. Avec une ceinture à grosse boucle.

– Ah. Fichtre. Un blue-jean délavé. Vous savez combien coûtait un blue-jean délavé à Moscou ? Au marché noir ? Un mois de salaire d'un capitaine. Et une grosse boucle de ceinture à la mode ? Deux mois de salaire. Je me suis trompé. Pour avoir bénéficié d'un tel soutien logistique, il n'était pas capitaine, au moins commandant. »

Un silence glacial écrasait le dîner du Cercle si sympathique et chaleureux. Août était devenue d'une pâleur de noyée. Elle cherchait son souffle et une réplique. Septembre laissa tomber d'un ton nonchalant, avec la pointe d'accent d'un cousin de Tino Rossi.

« Aucune importance. Il n'y a pas eu de suite. Nous avons prévenu les services soviétiques que leur manœuvre d'approche était éventée. Ils ont laissé tomber. »

Alors Août, à la recherche d'une contre-attaque, fit aussi une erreur. Elle demanda :

« Est-il possible de savoir de quelle région de Corse vient Septembre ?

— Bien sûr, répondit Septembre avec, pour la première fois, un bon sourire qui éclaira sa figure : de Pila Canale. »

Chacun salua. L'histoire était parfaite, et parfaitement exemplaire. La satisfaction de Janvier était non seulement visible mais palpable. Août serrait les dents. Elle leur casserait leur jeu, à ces vieux gosses prétentieux qui se croyaient au courant de tout et se sentaient assez sûrs d'eux pour la traiter d'innocente...

Avec un soupir parfumé au vieil armagnac, Janvier savoura sa victoire et dit : « Arrêtons. Rendez-vous en octobre. »

5

OCTOBRE

Trop tard

Mon intention était de raconter tranquillement un exemple de courage et de vérité. Pour moi c'est la même vertu. Le lieu choisi pour le récit n'a rien à voir avec le thème. Une maison familiale entre bois et vignes. Mes grands-parents et les grands-parents de mes grands-parents ont toujours su qu'il ne faut pas couper un arbre à n'importe quel moment de la lunaison si l'on veut qu'il sèche correctement. Que le frêne donne des bons manches de pioche et l'acacia, imputrescible, les meilleurs piquets de vigne. Pour le vin, l'appellation contrôlée exige l'assemblage de plusieurs cépages. Les différents raisins ne viennent pas en même temps à maturité. D'abord le gamay de Touraine et le pinot noir, ensuite le cabernet parfois quinze jours plus tard. La beauté des vignes est dans l'alignement des piquets bleuis par le sulfate et celui des fils qui tracent le paysage, lui donnent perspective et rigueur comme l'échiquier dans un tableau de la Renaissance italienne. Eté comme hiver. Le vignoble est beau en toutes saisons. Il a fait très chaud en août et septembre. Le brun doré mord sur le vert des feuilles. Le sol, sable et silex, est parfaitement propre. Un ignare de passage a déploré l'abondance de cailloux. Ce sont eux qui emmagasinent la chaleur du soleil et la renvoient de bas en haut. L'équilibre de la vigne est tout entier entre ce qui monte et ce qui descend, entre terre et ciel, comme les rois d'antan siégeaient sur un trône et sous un dais pour montrer qu'ils n'appartenaient ni à ce monde ni à l'autre, mais tenaient lieu d'intermédiaires sacrés entre les deux. Le roi vin est un intermédiaire sacré. Certains privilégient le cep, la force du bois, le sol. D'autres la vigne haute, la surface de feuillage qui transforme la lumière, le ciel.

Je souhaitais, pour le mois où je recevais, une harmonie dont les mois précédents avaient été privés, dans les surprises, affrontements et tensions qui avaient suivi le remplacement de notre ami aviateur. Et pourtant ce fut encore l'aventure par laquelle je dus commencer mon récit, avant qu'une autre aventure ne vienne le terminer.

Nous étions installés autour du feu de bois. Janvier avait pris le meilleur fauteuil, le mien. Une coutume que j'ai imposée avait été respectée : boire en apéritif le vin qu'on allait servir pendant le repas. C'était mon vin, AOC Cheverny. Les experts le jugent « très expressif sur des tonalités fruits rouges (groseille, cerise) et de structure fine rehaussée par un joli côté fruité en fin de bouche ». L'un des Mois rappela que je m'étais engagé, lors d'une précédente conversation, à raconter la suite des aventures extraordinaires de Julius Gross.

« D'où je la tiens ? Mon métier est journaliste, plus précisément grand reporter. Pendant des décennies, j'ai parcouru tous les champs de bataille, rencontré à peu près tous "ceux qui comptent" ou croient compter. J'ai eu le prix Albert Londres – la consécration – pour une série de portraits des "personnages de notre temps". Les truands fameux y côtoyaient les ministres de la IVe République et les cantatrices grecques. Sur la bande de Tanger, j'en savais moins que Septembre, mais pas mal quand même. Plusieurs de ses membres, reconvertis dans la chasse à la baleine, la restauration, l'immobilier ou le commerce des œuvres d'art, sont de mes amis, Julius entre autres. Tout commence à Tanger.

« Oui, Julius s'ennuyait très vite. Après la fin du trafic des "blondes" en Méditerranée, il eut la chance de tomber sur un groupe de sportifs qui découvraient la plongée sous-marine en Corse. La plupart avaient peu de ressources et campaient à la belle étoile. D'ailleurs, il n'y avait pas d'hôtel dans ces calanques perdues. L'animateur du groupe rencontra par hasard un négociant qui avait racheté des tentes de l'armée américaine aux surplus militaires. Ils firent affaire. Ainsi débuta "le club", qui devint mondialement célèbre. Le succès appelant le succès, les fondateurs créèrent, entre camping et hôtellerie, de modestes villages de paillotes qui apportaient à nos vacances d'après-guerre un peu du rêve tahitien. Puis, en Grèce, le premier "club" en dur. Le sport n'était plus qu'un accessoire ou un prétexte. Soleil, dépaysement, liberté des mœurs avaient pris le relais dans l'imaginaire touristique. Julius, l'un des premiers animateurs, mit au point une théorie fondée sur l'incapacité des Français en voyage à supporter la moindre contrariété –

la plage paradisiaque sous les cocotiers sera ratissée chaque nuit, discrètement – tout en exigeant de pouvoir épater au retour les voisins de palier au récit de leurs exploits de l'été. Les vacances devaient être des industries à rêve et, soyons clair, à faux rêves. Julius passa à l'action. »

La nuit était tombée. Ma maison a été bâtie à une époque où l'on ne connaissait pas les salles à manger. La cuisine est assez vaste pour nous recevoir tous. Dans la grande salle, la cheminée est en pierre de Touraine. Les murs sont épais. Dehors les arbres poussent fiers, comme on dit ici. En héritant, j'avais juré de ne pas les couper même si le temps de les exploiter est largement passé. Le climat est jugé sédatif par le corps médical. La politesse de la population locale cache un goût profond à ne pas se prononcer et éviter ainsi les problèmes.

Le temps était doux. De fins nuages animaient le couchant. Les ramiers regagnaient la futaie. C'est ce qu'on peut appeler un lieu très civilisé.

Après une courte discussion, on décida, pour ne pas rompre le fil de mon récit, de faire tourner les assiettes de charcuterie, le beurre fermier, le pain de campagne, chacun restant à sa place. J'avais prévu un dîner dans le goût local, à base de cochon. Et d'abord saucisson, rillons et rillettes. Parmi nous, il y avait deux ou plutôt trois juifs. Je savais qu'ils ne détestaient pas la cochonnaille de qualité. Le seul interdit alimentaire à respecter était de ne pas servir au même repas viande et fromage : pas la mère et le lait de la mère. Les bouteilles de Cheverny tournaient aussi.

« Fabricant de souvenirs. Voilà la nouvelle spécialité de Julius. À base de faux dangers qui parfois devenaient trop vrais. En Grèce, il inventa de transformer la classique excursion en caïque en drame maritime. Au large, il déclara le moteur en panne et laissa le bateau dériver jusqu'à s'échouer sur un îlot désert. Un peu d'angoisse est le poivre et le sel de l'aventure. Pendant que le bateau dérivait, il avait fait vider leurs poches à tous les touristes pour mettre en commun vivres, biscuits, bonbons et plaques de chocolat. La privation est un autre condiment du plaisir. En invitant d'ailleurs à la délation, qui ajoute encore un peu plus de piment.

« Une fois sur l'îlot, il expliqua à ces braves ménages de Nanterre ou Gif-sur-Yvette que les recherches ne seraient lancées que le lendemain, n'aboutiraient peut-être que dans deux jours et que, d'ici là, il fallait s'organiser pour survivre. Il n'y avait de solution que collective et démocratique. Un paysan grec avait laissé un âne sur l'îlot. Julius proposa de tuer l'âne (qu'il avait acheté bien sûr) et de le manger. Mais, il insista, c'était une sorte de crime. Il fallait voter pour ou contre la mort de l'âne. Ceux qui avaient voté contre ne mangeraient pas. Le but était de créer un sentiment général de culpabilité qui marque pour longtemps les esprits.

« Cette fois-ci, l'usine à souvenirs de Julius ne finit pas trop mal. Il eut même une promotion et se retrouva à la tête d'un club en Israël. Sa passion militaire le reprit. Danger, discipline, austérité. Habillé de kaki strict, il inventa une menace de Bédouins rôdeurs, mobilisa une garde de volontaires parmi les touristes, avec relève et mot de passe. Puis décida de rationner l'eau, les Bédouins étant censés avoir fait sauter les canalisations. Des souvenirs, vous dis-je. Un responsable en vacances, qui n'appréciait guère d'avoir à choisir entre boire et se laver les dents, lui conseilla fermement un peu moins de zèle dans l'animation. Muté dans un autre pays, il ne put s'empêcher d'organiser un conflit du travail. En suscitant une grève des serveurs locaux et en les remplaçant par des tours de corvée entre les vacanciers, épluchage des légumes, bagages, vaisselle. La caserne, quoi. La suite, dramatique, a paru dans tous les journaux. Exaspération des touristes, affrontements, injures, bagarres incontrôlées, des blessés, un tué. Fermeture du village. Expulsion de Julius. Les inventeurs sont souvent incompris. »

La cuisine bourdonnait de questions. Où est-il maintenant ? Que fait-il ? Quand et comment a-t-il rencontré Août ? On ne l'éviterait pas. J'en appelai à Janvier pour qu'on prenne place à table et que le dîner commence. Au menu, carré de porc aux trois purées, pommes de terre, céleri, pois cassés. Gelée de groseille pour ceux qui veulent considérer le porc comme un gibier. Salades tardives du jardin. Les bouteilles se vidaient rapidement, « *belle vertu désaltérante* ». Le but de la soirée n'était pas de raconter la vie de Julius. Mais je vis tout de suite que mes propres anecdotes n'auraient pas grand succès. J'avais pourtant trouvé une transition et voulais conserver à cette soirée la paix du lieu.

« Le maître de l'aventure moderne est Shackleton, dis-je, l'explorateur du pôle Sud qui jamais ne l'atteint. Parce que l'aventure qui mérite ce nom doit avoir un but. Réussir est une autre histoire. La conquête des pôles a été, il y a moins de cent ans, le défi qui enflammait les imaginations. La fantastique compétition qui s'est alors engagée entre hommes et nations a eu un retentissement qu'on ne saurait imaginer aujourd'hui. Il dépasse largement celui de l'aventure spatiale, à l'exception sans doute des premiers pas sur la Lune. Il y a des disparus, des morts. Des rumeurs de trahison ou de cannibalisme. La certitude de terribles souffrances. Traîneau à chiens, ballon, avion, qui va gagner ? Le premier drapeau planté sera-t-il norvégien, britannique, français, russe, belge, américain ? Amundsen gagne la course en décembre 1911. Un mois plus tard, Scott y laisse la vie. L'expédition de Shackleton tourne au désastre. Son bateau, l'*Endurance*, a été pris par les glaces. Il faut dans le blizzard, en barque, à pied, rejoindre la civilisation et sauver les hommes. Il est anobli par la reine Victoria pour l'exemple de courage, de ténacité et de dévouement qu'il donne dans l'échec. Il restera à jamais dans le cœur de tous les aventuriers, pour la petite annonce qu'il avait fait passer dans la presse anglaise : « Hommes requis pour voyage périlleux, bas salaire, froid intense, longs mois de ténèbres, dangers constants, retour incertain. Honneur et célébrité en cas de succès. »

Oui, la véritable aventure a un but. Les sauts à l'élastique et autres trouvailles à se faire peur n'ont jamais suscité mon admiration. Je préfère encore les montages éhontés de Julius. Pour être un aventurier digne de ce nom, il faut avoir avant tout la capacité de rêver. Etre enchanté par des mots. Vibrer d'émotion si Valparaíso est prononcé, ou Bornéo, ou, pour nos grands-parents, Tombouctou. Et pour nos ancêtres Cipango ou Taprobane. Rêver à l'inaccessible Ultima Thulé ou au mystérieux royaume du prêtre Jean. Des mots, des noms, des exploits. La face nord de l'Eiger ou le Pot au Noir, le pôle Sud ou l'Everest, la Lune ou l'Eldorado. Quand j'étais enfant, l'atlas familial comportait encore des cartes avec des blancs : Sahara, Amazonie, Nouvelle-Guinée. Où sont aujourd'hui les blancs de la carte et les mots qui font rêver ? La profondeur des océans, peut-être. L'Europe, si on en parlait mieux, continent toujours à découvrir. Le courage domestique, qui est parfois de rester chez soi, je ne l'ai jamais eu, je le reconnais. Mais attention : pour être un aventurier, il ne faut pas seulement rêver. Il faut agir, se prendre au mot. Ma devise est celle de Chesterton : « Il n'y a pas de bonne pensée si elle ne se traduit pas en paroles. Pas de bonnes paroles si elles ne se traduisent pas en actes. » Plus de tentatives que de réussites. Aussi n'ai-je cessé de courir le monde en me courant après, et ai sans doute gâché ma vie. Cela s'appelle aussi le grand journalisme.

Au moins j'aurai rencontré quelques exemples de courage. J'ai raconté ailleurs celui de Mairesse-Lebrun. Pendant la dernière guerre, il est fait prisonnier...

Au Cercle des douze Mois, comme dans les mess britanniques, la tradition veut que l'on pose son couteau en travers de son verre si l'on connaît déjà l'histoire. Ainsi le colonel du régiment sait d'emblée combien d'officiers à sa table ont déjà entendu le récit de son premier tigre en Birmanie. A lui de prendre ses risques et de décider s'il veut poursuivre. Au nom de Mairesse-Lebrun, cinq couteaux se posent sur les verres. Se répéter, pour un colonel, passe encore, pas pour un journaliste. « Soit. Je vais raconter une aventure indochinoise de courage. L'expression est définitivement passée dans la langue : la guerre d'Indochine et la guerre d'Algérie furent des "sales guerres". Je ne connais pas de guerre propre. Le général d'aviation anglais qui eut l'idée, en 1943, de bombarder en Allemagne non plus les objectifs militaires mais les cités ouvrières parce que c'était plus efficace pour désorganiser la production, c'était propre ? Ce soir, je n'entends prononcer aucun jugement. J'ai été très jeune correspondant de guerre auprès du corps expéditionnaire français en Extrême-Orient. J'ai eu vingt ans en Indochine, l'année de Diên Biên Phu. J'ai suivi en direct, pour raison professionnelle, toutes les audaces et tous les abandons. Les pertes chez les gradés étaient terribles. J'ai entendu un colonel français dire : "Mes jeunes sous-lieutenants se font tuer dans les trois premières semaines ou dans les quinze derniers jours. Il y a ceux qui ne savent pas et ceux qui croient savoir..." Si je n'ai pas été moi-même à Diên Biên Phu, j'ai vu les volontaires se battre pour aller sauter sur le camp retranché alors que tout était fini et la défaite consommée. Extraordinaire passion française pour les barouds d'honneur et les défaites héroïques. Parfois je m'étonne.

« Peut-être parce que j'ai une grand-mère grecque, je suis très joueur mais j'ai toujours aimé gagner. On racontait dans ma famille l'histoire d'un amiral grec qui, il y a cent ans, jetait l'ancre avec son escadre pour une visite officielle à Monaco. Le soir il va jouer au casino. Il a, pense-t-il, une martingale infaillible. Il perd sa solde, sa montre, sa chevalière en or, la solde de ses équipages et tout le budget de l'escadre. Il ne se suicide pas dans les jardins du casino, comme tant d'autres. Dans la famille, on ne meurt pas sur la voie publique. Ce sera plus digne dans sa cabine. Et dans sa cabine, il réfléchit, décide de rentrer en Grèce et de plaider sa cause devant le gouvernement grec. Et le gouvernement grec lui prête le montant de sa solde, de sa montre, de sa chevalière en or, de la solde de ses équipages et du budget de l'escadre, *pour qu'il retourne à Monaco et rejoue au casino.* Et il regagne tout ce qu'il avait perdu ! Je déteste cette histoire familiale et je ne sais vraiment pas pourquoi je vous l'ai racontée. Nous sommes bien loin de l'Indochine. Parmi les différents types de courage militaire, j'ai toujours eu peu d'estime pour les emportements aveugles. Mais toute mon admiration pour les calculateurs courageux qui osent de sang-froid. C'est le vrai courage, celui de "deux heures après minuit" que célébrait Napoléon. Tout bien pesé, mettre sa vie en jeu. Pour une mission. Le grand jeu.

« Vanden, ainsi qu'on l'appelait, n'était pas un intellectuel, loin de là. Enfant trouvé, enfant de l'Assistance publique, enfant de troupe, engagé à dix-sept ans, passé par le rang, il a connu toutes les campagnes françaises. Dans une unité normale, il ne tient pas en place, même en Indochine. On le casse ou on le vire ? On le vire dans les supplétifs que les états-majors officiels méprisent. Pas des professionnels. Vanden décide de recruter lui-même ses partisans, par une méthode de sélection qui défie la raison. Il va dans les camps de prisonniers faits par l'armée française et regarde. Les barbelés, la pluie, la boue. Il y a les soldats viêts accroupis par terre, la tête dans les mains qui attendent on ne sait quoi. Et il y a les soldats viêts debout, bras croisés, le menton haut, les yeux brillants de haine. C'est à eux que s'adresse Vanden : "Vous êtes des guerriers. Vous n'allez pas attendre ici, en croupissant dans ce camp, la fin d'un conflit qui peut durer dix ans. Je vous offre la plus belle liberté et la fierté retrouvée : reprendre le combat. À mon côté." Avec ces guerriers, il monte des unités de commando parfaitement autonomes, silencieuses, légères, indépendantes se nourrissant de riz gluant et de quelques insectes, apparaissant dans la jungle pour éliminer les "sonnettes" viêts, faire sauter un poste ennemi, éclairer les lourdes troupes françaises, parfois les sauver. Et disparaissant de nouveau dans la jungle. La peur de la nuit a changé de camp.

« Il va mener une opération incroyable : pour mieux surprendre l'ennemi au cœur de son dispositif, se faire passer pour son propre prisonnier ! Trois de ses partisans sont équipés "à la viêt". On soigne jusqu'au moindre détail, du casque en latanier à la marque du short, au demi-paquet de cigarettes fripé aux numéros des armes, à l'origine des munitions, à la fabrication des sandales. Ils lui lient les mains derrière le dos. Ils lui passent au cou une corde à nœud coulant et le traînent comme une bête captive dans la grande forêt à triple étage d'arbres. Ainsi, ils sortent de la nuit dans la zone où Vanden sait

que se cache le PC secret viêt de tout le secteur et son
état-major. Au premier avant-poste ennemi, les trois
partisans courent en criant de joie : "Nous avons pris
Vanden, nous avons pris Vanden", en tirant leur prisonnier par la corde. Et l'avant-poste crie de joie : "Ils ont
pris Vanden !"

« La rumeur de l'incroyable victoire les porte jusqu'à
la deuxième ligne de postes, jusqu'à la troisième. Tous
les contrôles de sécurité, les fouilles, les interrogatoires
dont les Viêts sont pourtant si férus, si obsédés même,
toutes les précautions du maquis et de la résistance, tous
les enseignements de la guérilla communiste sautent les
uns après les autres. Les pièges de bambous acérés, les
champs de mines, les signaux d'alerte sont oubliés,
évités, inutiles. Les trois partisans de Vanden habillés à
la viêt et Vanden, le diable, l'ennemi absolu, couvert de
crachats, la tête basse, la corde au cou, sont toujours, en
courant, conduits dans l'enthousiasme au PC caché,
invulnérable dans ses grottes de calcaire. "On a pris
Vanden, on a pris Vanden" et ils sont jetés dans la grotte
des chefs. Là, Vanden se libère du faux nœud qui lui liait
les mains dans le dos, ses trois gardes tirent à vue en lui
jetant une arme, ils abattent le chef de secteur, qui a rang
de lieutenant-colonel, son adjoint, qui a rang de
commandant, et le commissaire politique du secteur, qui
a rang de colonel. En quelques secondes. Puis ils sortent
en courant de la grotte, bousculent les gardes qui s'affo-
lent, crient : "Attention, Vanden s'enfuit ! Vanden s'enfuit !" (ajoutant ainsi à la confusion en disant la vérité),
abattent à droite et à gauche ceux qui pourraient riposter

et, en quelques minutes, disparaissent dans la jungle. La pluie a repris. Vanden a repéré un torrent où ils ne laisseront pas de traces et ils ont eu soin d'éviter les buissons de sensitives qui, en se fermant, auraient marqué leur passage. »

Une pause. Raconter l'histoire de Vanden me faisait perdre le souffle. L'un des Mois demanda : « Et comment a-t-il fini ? » Dans ces histoires, chacun sait d'avance qu'il y a une fin. Je mets une bûche dans le feu.

« Le danger de ce genre de guerre est qu'il y faut beaucoup de chance, et ne jamais croire à sa chance. Vanden a sans doute commencé à moins se méfier. Une nuit, dans son campement, alors qu'il dormait enlacé avec sa *congaï* à la peau si douce, un groupe de ses partisans les plus sûrs enfonça sa porte et les mitrailla à bout portant. Des hommes testés par lui aux combats les plus difficiles. Ayant subi l'épreuve absolue de vérité : tuer des Viêts devant témoins, pour qu'aucun retour en arrière ne soit possible. Sauf s'ils étaient en mission pour les Viêts... De chaque côté des calculateurs héroïques. Vanden battu par Vanden. Il avait quatorze palmes à sa croix de guerre mais n'avait jamais pu être nommé officier. Il ne savait pratiquement pas lire ni écrire. »

Il y eut une nouvelle pause et chacun à la ronde se resservit de vin rouge, bien que mon 97 fût la première année de récolte des jeunes vignes que j'avais replantées pour avoir le bonheur de les voir de ma porte. Août, les yeux au plafond, boudait. Encore des histoires de mecs, devait-elle penser. Pas vraiment adultes. Elle était moins coiffée si possible que d'habitude et habillée n'importe comment. Provocation. Un jean très large qui ne lui allait pas, un chandail au col informe. A un petit muscle qui tressaillait parfois dans ses maxillaires, il était visible qu'elle ruminait sa vengeance. Le ton de Septembre quand il avait estimé le coût au marché noir des vêtements du faux berger géorgien. Et se faire traiter d'innocente, non mais !...

Il faisait bon au coin du feu. Avant de reprendre mon récit du mois sur le courage, j'ai été ouvrir la porte de la cour donnant sur le grand chêne. Un vent du soir léger faisait voleter quelques feuilles déjà roussies. L'automne. Un si doux automne. Quelle idée m'avait pris de raconter les fantasmes de Julius et les horreurs de l'Indochine ?

« Le courage sportif n'est pas différent. Audace, sang-froid, risque calculé. Pas seulement la tête et les jambes, le cœur aussi. Vous avez déjà vu, au moins en image, une course de cent mètres ? Le coureur se jette sur le fil d'arrivée, bascule en avant, chute volontairement pour gagner les quelques centièmes de seconde qui font la différence entre victoire et défaite. Se jeter dans le vide pour gagner, c'est aussi la règle pour les compétitions de ski que j'ai un peu pratiquées quand j'étais plus jeune. Même pour la voile et la course au large, je le dis devant Décembre qui est un navigateur célèbre. En mer aussi, gagner c'est tomber sur le fil, chuter volontairement en avant, mais pendant trois jours, trois semaines, trois mois et non pas dix secondes. Quand la différence de temps après une traversée de l'Atlantique est de moins de deux heures, et parfois de moins de deux minutes, comment ne pas se reprocher d'avoir un moment, un moment seulement hésité à se jeter dans le vide ? Après, ça passe ou ça casse, et la mer fait le tri. Le courage, c'est vaincre la peur du vide, du noir. De l'inconnu. De la nuit. Toute vie est une traversée de la nuit. Peut-on ainsi décrire la peur de la mort ? » Silence. Je pris le risque de l'interrompre en disant : « Le plus difficile est le courage politique. Ce n'est pas naviguer dans la nuit. C'est attaquer la nuit. C'est dire la vérité. »

Au lieu de courage, j'aurais peut-être dû parler davantage de la peur. Je crois qu'elle prend l'homme dès qu'il est sorti de l'abri des cavernes, et même avant, dès qu'il est sorti du ventre de sa mère. Avant les bêtes fauves ou les tribus hostiles, l'ennemi, c'est l'inconnu, c'est l'avenir, c'est demain. J'ai déjà raconté ailleurs comment les populations des montagnes indochinoises, pour parler du passé, disaient « devant moi », parce que le passé, on le voit, on le connaît, et pour l'avenir, disaient « derrière moi », parce qu'on ne le voit pas, il est inconnu. Moi, j'ai eu peur toute ma vie. A la guerre, seule l'excitation du combat et la responsabilité d'autres vies peuvent divertir de la peur. Dans la grande forêt, la nuit des arbres s'ajoute à la nuit et la solitude de l'homme est une troisième nuit qui s'ajoute aux deux autres. Jamais je n'oublierai la petite peur froide dans le dos pendant la marche forcée avant l'attaque sur des sentiers que seul le pied pouvait découvrir et dans la lueur blafarde des éclairs de chaleur.

J'ai eu peur de la mort et j'ai eu peur de la vie. Peur de choisir un métier (le journalisme, c'est ne pas choisir et les faire un peu tous) comme si c'était une prison. Peur d'aimer, comme si tomber amoureux, c'était vraiment tomber. J'ai refusé les engagements politiques, faux liens qui laissent plus de meurtrissures que les vrais. Et je n'ai eu qu'un courage, refuser le mensonge, oser parfois dire la vérité.

Le courage militaire et sportif a l'opinion pour lui. Le courage politique va contre l'opinion. Quand Churchill condamne Munich de la phrase célèbre : « Ils ont choisi le déshonneur pour avoir la paix. Ils auront le déshonneur et la guerre », il a contre lui tous les experts, les commentateurs, les responsables. Quand de Gaulle affirme à Londres que la France a perdu une bataille, pas la guerre, il a contre lui tous les raisonnables, les intelligents, les sérieux, et, disons-le, pratiquement toute l'opinion à quelques exceptions près. Comment dire oui à la vérité ? Elle est parfois si mouvante, ombrageuse, insaisissable.

Je remis une bûche dans le feu, pour le plaisir des yeux et de l'oreille même si ce n'est pas le meilleur bois de chauffage qui pétille le plus.

« Vous le savez, j'ai en tant que président des journalistes accrédités auprès des institutions européennes, fondé le prix André Sakharov pour la liberté de l'esprit. Autrement dit : le courage de dire non. Je n'oublierai jamais ma visite à Sakharov à Moscou dans son trois pièces miteux qui sent le chou aigre. Voilà un homme qui était au faîte de la gloire soviétique, académicien, couvert d'honneurs et d'avantages matériels. C'est ainsi en URSS. Le succès dans la ligne du Parti entraîne les applaudissements chaleureux des foules mais aussi les datchas à la campagne, les magasins spéciaux pour les achats, le personnel domestique, les cliniques particulières, voire les comptes en banque à l'étranger et les voyages d'agrément dans le monde. Il juge en conscience que le régime communiste est mauvais, intrinsèquement mauvais, et décide de tout perdre, tout. Simplement en disant : Non. Il était d'une modestie émouvante. Le respect de la vérité. Les grandes voix qui se font entendre ne sont pas celles qui crient le plus. Elles ont toujours commencé par dire non. Parfois même, ce n'est qu'une image muette. Combien n'oublieront jamais la mince silhouette de cet étudiant chinois qui, à mains nues, arrête une colonne de chars sur la place Tian' anmen ? Le risque de la vérité.

« J'étais en reportage dans un pays d'Afrique agité de troubles ethniques graves. La moiteur de l'air n'étouffait même plus les cris de haine et de souffrance. On tuait. Notre ambassadeur, sans instruction aucune, avait réparti tout son personnel en quatorze équipes qui, drapeau français en tête, allaient séparer massacreurs et victimes et leur donnaient asile à l'ambassade. Plus d'une centaine de blessés y étaient réfugiés. Cela ne plaisait pas à toutes les factions locales et les menaces contre l'ambassade de France, encerclée par des miliciens hostiles, coupée de tout approvisionnement pendant onze jours, ne pouvaient plus être ignorées. Paris, très inquiet, avait mis en alerte deux compagnies parachutistes. Elles étaient déjà stationnées dans un pays voisin et n'attendaient qu'un ordre pour sauter sur l'ambassade et la dégager. J'étais à côté de l'ambassadeur quand il reçut le télégramme lui demandant, pour la forme, son avis.

Il dicta la réponse au chiffre devant moi. "L'ambassadeur de France en... à Son Excellence le ministre des Affaires étrangères, etc. A l'attention de... etc., etc. Texte : Non." Il ajouta pour moi : "Si on me dégage par la force, chacun dira ici : puisque je me fais protéger, c'est que j'ai peur, *et si j'ai peur, c'est que je suis coupable.* Non. Et si j'explique, si j'entre dans les raisonnements avec Paris, c'est fichu. Seulement non." Les Français de la ville, dispersés dans tous les quartiers avec leurs familles, viennent le trouver en délégation pour se réfugier à l'ambassade. "Les Noirs y sont bien", dit l'un. "Les habitants se massacrent", dit l'autre. "Nous sommes en danger. Vous, vous êtes à l'abri, dit un autre. Nous sommes citoyens français. Nous avons droit à votre abri." Il écoute et répond : *Non.* Il ne faut pas montrer sa peur. Puis il met au point avec eux un système d'alarme, de surveillance et d'alerte réciproque, de porte-à-porte, d'immeuble à immeuble. Si le téléphone était coupé, réseau de courriers. En cas de menaces ou danger, c'est lui qui viendra tout de suite personnellement. Normalement, on ne tue pas les Blancs. Comme on dit en Afrique, "ils sont comptés". Mais le sang et la fumée provoquent l'ivresse de la fumée et du sang. Tout est possible. Ne pas sortir seul, ne pas montrer sa peur. Les chiens attaquent ceux qui ont peur des chiens. Ils ont une odeur, paraît-il. Puis, après m'avoir fait jurer le secret, il a raccompagné lui-même, au volant de sa voiture parce qu'il n'était pas sûr des réflexes du chauffeur en cas d'embuscade, tous les Français de la délégation chez eux, un par un dans toute la

ville où la fumée des incendies brûlait la gorge. L'ambassadeur m'a avoué avoir passé quelques "mauvaises nuits". Il gagna sans réserve. Aucun Français ne fut violenté, injurié, menacé. Mais on peut compter les cadavres dont on est responsable, *pas les morts qu'on a su éviter*. C'est ainsi. Pour Paris, il minimisa toute l'affaire. »
Il y eut dans ma cuisine un silence plus pesant. Même auprès des membres du Cercle, tous aventuriers de haut vol, il y a des risques qu'il est difficile d'évoquer : les risques pris pour les autres. Le feu manquait de bois. Il fallait renouveler les bouteilles.

J'ai cru sage de changer de genre et, à propos de courage politique, de prendre un ton moins dramatique et d'évoquer seulement le sang-froid dont avait fait preuve un homme politique français extrêmement populaire, sinon célèbre. Un confrère de la presse avait dit : « Le seul ministre qui ait une tête d'électeur.» Le plus beau compliment dans notre démocratie.

« Quand le général de Gaulle se présente à l'élection présidentielle en 1965, l'ensemble de la classe politique française d'opposition, des communistes à l'extrême droite, cherche à le faire battre. Les partisans de l'Algérie française veulent leur vengeance. Mot fameux d'un hiérarque de l'époque : "De Gaulle nous débarrassera de l'Algérie, puis l'Algérie nous débarrassera de De Gaulle." La question dans les cercles politiques est alors : Quel candidat lui opposer ? A gauche, il y a quelqu'un qui s'impose, François Mitterrand. Mais il faut aussi quelqu'un à droite qui fasse l'union contre le général. Qui ? Un nom revient sans cesse : celui de cet ancien président du Conseil, "qui ratisse très large" comme disent les spécialistes, et à qui, en outre, de Gaulle n'a pas tout à fait rendu justice. Un peu d'amertume entre eux n'est pas exclue. Le candidat providentiel. Il est démarché. Il dit : Non.

« Alors, le cercle des opposants décide de monter un chantage tout à fait original. Il existe de nombreux cas de chantage pour obliger une personnalité à démissionner ou pour l'écarter d'une façon ou d'une autre du pouvoir. Certains, connus, ont conduit au drame voire au suicide. Là, c'est le contraire. Un chantage pour obliger à briguer le pouvoir ! Le candidat récalcitrant a une solide réputation de coureur de jupons. On sait qu'il doit se rendre à je ne sais quelle réception publique. Une jeune personne très allurée, bien mise et qui n'a pas froid aux yeux, est recrutée moyennant finances. Il a été soigneusement vérifié que si elle a l'air d'avoir vingt et un ans passés, elle n'en a pas dix-huit. Détournement de mineure, c'est un délit caractérisé. Et dans le brouhaha du cocktail officiel, la jeune personne bouscule le Président (appelons-le ainsi) de telle sorte que le Président croit que c'est lui qui l'a bousculée et a renversé sa coupe de champagne sur sa ravissante robe de soie sauvage. Le Président bafouille, s'excuse, la glace est rompue, le charme joue, le Président est conquis et, dans la conversation, demande à la jeune personne si elle aime le monde (non), la campagne (oui), la montagne (certes), la mer... Battement de cils :

"Je ne connais pas la mer.

— Comment, mon ange, vous ne connaissez pas la mer ?

– Non. Mes parents sont très modestes, du Tarn-et-Garonne...

– Attendez. Vous êtes libre le week-end prochain ?

– C'est-à-dire que...

– Vous êtes libre. Ne vous préoccupez de rien. Je vous emmène voir la mer. A Deauville. "

« Le week-end suivant, départ en voiture dans la soirée. Après Evreux, la jeune personne prétexte une migraine affreuse et souhaite s'arrêter à l'hôtel le plus proche. L'hôtel le plus proche, c'est au Neubourg. L'hôtelier est de mèche. La chambre est entièrement sonorisée et équipée. Il y a des micros et des caméras dans le plafond, la lampe de chevet, le matelas, que sais-je. Le week-end passe comme un rêve.

« Et quelques jours plus tard, une délégation discrète vient voir le Président et lui fait savoir que les photos seront publiées s'il n'accepte pas de se présenter contre le général. Voici les photos. Et avec une mineure de moins de dix-huit ans, s'il vous plaît. Voici ses papiers. Le Président feuillette le dossier avec soin, puis le rend à la délégation et dit : "Non. Parce que si vous publiez le dossier, je ne peux plus être candidat à la présidence de la République. Votre chantage ne tient pas."

« Du sang-froid, dis-je. Le risque calculé. Toujours le grand jeu, même si le décor n'est pas l'Atlantique ou l'Afghanistan, même s'il ne s'agit pas de la vie et de la mort. Une forme de courage politique dont je ne crois pas qu'il existe sans un autre sentiment profond : la *capacité de mépriser*. Mépriser certains hommes et certaines méthodes. On retombe sur Churchill, de Gaulle et les autres. »

« Mais comment la connaissez-vous cette histoire ? demande Septembre.

– Ah, cher ami, ce n'est pas beau, la jalousie. Mais n'est-elle pas au fond très morale et tout à fait exemplaire ? »

Je crois qu'elle fut jugée surtout un peu vulgaire. Ils devaient se dire : « Octobre est un ami. Il est très courageux, on le sait. Mais c'est quand même un journaliste. Les journalistes, quand ils ont mis la main sur un détail un peu croustillant, ils se disent que leur papier est fait. » On apporte le dessert. Tarte des demoiselles Tatin, célébrités régionales. Et fouace aux lardons pour les amateurs, comme dans Rabelais. Mon récit du Mois a eu nettement moins de succès que les précédents. Peut-être n'ai-je pas trouvé le ton juste, entre gravité et distance. Peut-être attendait-on quelque chose de plus héroïque. Mais un journaliste passionné n'a de refuge que dans l'apparente légèreté. Restons léger. Seul Janvier me fait de l'œil en signe de compliment. Et Novembre vient me serrer la main en me disant « merci ». Pourquoi merci ? Je crois qu'il n'aime pas les héros. Août est toujours ailleurs. Mon Cheverny est très apprécié.

Ou alors, je le sens bien, ce qu'attendent les autres Mois, c'est que je raconte pourquoi Août et le Dr M. se sont brouillés au Kurdistan, comment Julius a connu le Dr M. et est tombé amoureux d'Août... La vie, la vie vraie, la nôtre, saignante ou à point. Ce sont des cannibales, mes confrères. Comment ne nous sommes-nous jamais aperçus que nos existences s'étaient à ce point entrecroisées ? Il a fallu la présence d'une femme, seulement d'une femme ! L'histoire du reportage bidon, une autre fois. Mais je dois céder, malgré Janvier qui m'appuie, sur la première rencontre de Julius et d'Août. « Omdurman. Qui connaît Omdurman ? Le lieu de la défaite du Mahdī par le général Kitchener en 1898. Le dictionnaire précise qu'il "fut abandonné en raison de son insalubrité". C'est un euphémisme. Pas seulement insalubre, torride, sinistre, un immense bidonville d'horreur, peut-être un million d'êtres dégradés dans une banlieue de l'enfer, exposition de toutes les misères de l'Afrique, réfugiés hagards, enfants au ventre ballonné, prostitution, sida, famine, fanatisme. J'en oublie ? Alors qu'il devrait s'agir d'un des sites les plus enchanteurs de notre monde, le confluent des deux fleuves qui donnent cours au fleuve le plus long, le fleuve roi, le fleuve Dieu, le Nil. Rêvons.

« Le Nil qu'on appelle Blanc, dont la source si longtemps mystérieuse fut découverte il y a un peu plus d'un siècle seulement là-haut, dans les grands lacs au cœur du continent noir. Bête sauvage née de l'équateur qui coule, énorme serpent magique entre les forêts immenses, fréquenté d'oiseaux multicolores et de ce trompetteur à grosses lèvres que les Grecs anciens appelèrent, je ne sais pourquoi, cheval de fleuve. Dans la plaine, il s'étale, divinité herbeuse des tropiques avant de l'être du désert. A l'ouest, il reçoit le Bahr el-Ghazal, immense flaque d'eau empêtrée de végétation. Cette crue verte ira jusqu'au

Caire avant que l'autre Nil, qu'on appelle Bleu, n'apporte son flot de limon et la crue rouge qui, chassant la première, descendra jusqu'à la mer en fertilisant l'Egypte. Torrent issu des montagnes d'Ethiopie à travers des gorges profondes de plusieurs centaines de mètres et parfois si étroites, deux ou trois mètres à peine, qu'un géographe note "qu'un crocodile ne peut y nager que de front, en long". Rêvons.

« Je ne conseille à personne d'aller visiter le confluent des deux Nils. Ils auront droit à un verre poisseux de soda tiède dans une buvette surchauffée avec vue sur terrain vague. Des chèvres disputent au vent, pour les manger, vieux papiers et sacs de ciment. Les mouches ne se laissent pas disperser. Leur bourdonnement fait vibrer l'air, ou est-ce la température qui dépasse cinquante degrés ? Omdurman.

« Motif officiel de ma présence au Soudan : un reportage sur la famine. C'était la mode. En Somalie, les paparazzi se relayaient pour jeter dans les bras de la toujours belle Sophia Loren des enfants squelettiques et obtenir la photo du siècle. Derrière les images d'horreur, j'essayais d'enquêter sur le drame du Sud-Soudan qui laisse l'Occident scandaleusement indifférent : populations massacrées, conversions forcées à l'islam, rapt des familles et des enfants, esclavage organisé. L'odeur de la mort dans le souffle du vent de sable et la vapeur des marais. Un soir, j'éprouve le besoin très fort de changer d'air. On m'a signalé une sorte de boîte de nuit tolérée par le pouvoir au confluent des deux Nils, un faubourg d'Omdurman.

Des bâtiments de béton prédélabrés, mobilier en plastique, vacarme du groupe électrogène (l'électricité est coupée à tout moment), néons rosâtres. Les mouches, les mouches. Lieu maudit.

« Il y a dans chaque point du globe un peu hasardeux un bar où les correspondants de presse se retrouvent pour échanger des tuyaux et jouer parfois les affranchis. Ils y croisent des fonctionnaires subalternes des ambassades, flasque de whisky au fond de leur poche revolver pour consoler discrètement tasse de thé ou coca. Et de nombreux membres d'ONG, en mission "d'évaluation des besoins", ou d'autres, plus obscurs encore, venus porter assistance à cette version moderne de la danse macabre. J'aperçois, assis au coin de la piste de danse, le docteur Frédéric M. et, avec lui, rayonnante de charme et d'autorité, aussi naturelle dans ce bouge interlope que dans son bureau élyséen, Août. Ah, vous ici, tiens, bonjour, bonsoir, on s'embrasse. Je les avais rencontrés, je l'ai dit, dans divers "points chauds" de la planète où l'humanitaire intervenait : Cambodge, Erythrée, Amérique centrale. Ils avaient entre eux mis la distance d'un vieux couple qui s'est aimé et qui a pas mal vécu ensemble, trop pour s'aimer encore, mais trop aussi pour rompre facilement. En attendant, on se surveille de part et d'autre. Rien n'est plus difficile à dénouer qu'une liaison qui n'en est plus une.

« Août ne disait rien. De temps en temps, ses beaux yeux se fermaient. La lassitude des souvenirs ? A trois, nous avions la conversation que de vieux amis parisiens peuvent avoir dans un mauvais lieu d'Omdurman Nord.

151

Qui fait quoi, qui est avec qui, etc. Je n'étais pas trop surpris de les voir là. Un peu ému de la voir, elle. Nous avions été, un temps, collègues dans le grand reportage. Insensiblement, nous étions passés de la camaraderie à l'estime, de l'estime à l'amitié, de l'amitié à une certaine forme de complicité. Nous avions en commun des souvenirs et des goûts. Pas tous. Sans être une bringueuse déchaînée, ce n'était pas son style, elle aimait percer la nuit en bande. Je ne supporte ni le bruit ni la fumée des "boîtes". Notre conversation si confiante tourna souvent court. "Je me couche tôt, j'ai mon papier à faire, disais-je. A demain. – A demain." Et on s'embrassait sur la joue. Nous n'avions pas les mêmes horaires.

« Il se trouvait que nous étions dans un établissement "gay". Comment le régime pur et dur de Khartoum tolérait-il cet établissement ? Peut-être une mafia avait-elle payé la dîme qui convenait ? Peut-être les fantaisies entre hommes sont-elles moins scandaleuses qu'entre sexes différents. On reste en famille, en quelque sorte. Un haut responsable du PNUD, très élégant, donnait ce soir-là sa soirée d'adieu, entre adeptes. Il avait loué pour l'ambiance, on ne sait où, un piano à queue dont deux notes désaccordées vibraient. Il jouait bien malgré un peu de laisser-aller dans le poignet. Du Chopin, du Bach, du Gershwin, du New Orleans. Puis le représentant des Nations unies aux tempes argentées, fonctionnaire très sérieux au demeurant, se lève, prend le micro, demande le silence et annonce un numéro exceptionnel : "Pour la première fois à Omdurman, en Afrique, dans le monde, etc." Entre sur la piste et s'accoude au piano un travesti aux yeux bleu pâle habillé en Marlene Dietrich dans *L'Ange bleu,* rouge à lèvres, porte-jarretelles, bas noirs et manchettes de satin blanc, qui chante d'une voix de basse : *Ich bin von Kopf bis Fuss zu Liebe eingestellt. Und sonst, gar nichts.* C'est Julius. Je le connaissais depuis Tanger et le Club et je l'avais interviewé plusieurs fois. On n'oubliait pas ses yeux. Il n'y avait aucun doute. J'imaginais sous la perruque son crâne rasé. Un moment, pendant son tour de chant, il a repéré notre table au bord de la piste. Quelque chose s'est passé. Son regard ne quittait plus Août. Applaudissements. Sans saluer le public, il s'approche de nous sur ses hauts talons et dit : "Vous êtes la première femme que j'aime. Ne restez pas avec votre ami (du menton il désigne le Dr M.), c'est un truqueur." Pour un travesti en Marlene Dietrich, dans un bar louche d'Omdurman, c'est quand même un sacré culot. Et, à la prussienne, il se casse en deux et baise la main d'Août.»

« Il était fascinant, dit Août d'une petite voix assez inhabituelle. Je n'ai eu de cesse de le revoir. Fascinant et adorable. Si tendre. Et pourtant, je ne l'aimais pas. D'ailleurs depuis longtemps j'aimais quelqu'un d'autre, qui n'était pas le Dr M. »

Silence dans ma vieille maison. Omdurman est si loin. Et qui pouvait croire qu'un jour en janvier nous nous retrouverions à Tadjoura, encore plus loin ? Les feuillages s'agitent dehors. Je remets une bûche dans le feu. J'avais offert, au choix, alcool de prune local ou rhum agricole de quinze ans d'âge. Certains réchauffent leur verre entre leurs mains. Personne n'ose demander qui Août aimait.

« Octobre », dit Août. Deux fois elle étend la main pour mieux examiner le miroir rouge de ses ongles. Qu'est-ce qui la pousse ? L'air du soir, la chaleur du foyer, les vieux murs ? Le sentiment, qui a la couleur de l'automne, de la vie qui s'en va et qu'on ne rattrape pas ? Août dit, un peu lasse, en regardant la nuit si douce par la porte entrouverte : « C'est bien Octobre, ton nom pour eux ? Je n'ai jamais osé te le dire. Et maintenant, c'est trop tard. »

Je réponds très bas : « Moi non plus, je n'ai jamais osé te le dire. Et maintenant, c'est trop tard. »

6

NOVEMBRE

« Qui tient qui ? »

Qu'est-ce qui lui a pris de nous convoquer à Chioggia ? Le fond de l'Adriatique n'a jamais été un climat très plaisant et ce mois-ci est toujours particulièrement sinistre : forte humidité, visibilité réduite, calme plat ou coups de vent brutaux, eaux boueuses. Pour avoir créé Venise dans ces marais inaccessibles au nord de l'embouchure du Pô, il fallait que les habitants des temps barbares aient vraiment la volonté de se défendre contre les envahisseurs. La civilisation, l'art, le bonheur sont d'abord une riposte. Ensuite viennent l'empire sur la moitié de la Méditerranée, les richesses du monde, l'or et le marbre, la gloire de la Sérénissime République, une fête permanente de l'architecture, de la musique, de la peinture, le carnaval en plein jour et le pouvoir secret des doges. Un bal masqué réussi.

Novembre est le plus secret de nous tous. Aperçu, on l'oublie. Un type grand, mince, à la silhouette ténue. Des lunettes de soleil assez foncées. Il a les yeux fragiles, dit-on. Un teint de blond, fragile aussi, le cheveu fin. Il se découvre rarement, craint le froid, porte chandails et cache-nez, se relève pour fermer les portes. Un homme de l'ombre ? Un homme de bureau. D'ailleurs, cela fait près de trente ans qu'il poursuit une carrière de modeste fonctionnaire international. Il est aujourd'hui directeur adjoint, à l'ancienneté, de la FAO, l'organisme de l'ONU chargé de suivre les questions agricoles et alimentaires mondiales. Bavardages, disent les uns. Prébende, croient les autres. Un poste purement technique, en tout cas. Siège à Rome. C'est aussi l'ensemble administratif où il y a le pourcentage de suicides le plus élevé parmi le personnel. Les secrétaires anglo-saxonnes se font recruter à la FAO en rêvant de Rome et les Scandinaves du *latin lover*. Mais il n'y a pas plus distant qu'un Romain. Novembre est romain. On lui prête la vie double d'un des plus grands agents de renseignements occidentaux.

Blond, mince, fragile, voilà tout... J'oubliais : joue avec ses lunettes. Une voix plutôt haut perchée. Un personnage gracile, mais complexe. Il faut vraiment aimer la complication pour ne pas nous avoir invités pour son récit du Mois à Rome, où il habite. On raconte qu'il y vit avec une comtesse italienne dans les combles d'un palais croulant avec vue unique sur les jardins Borghese, mais la comtesse reste inconnue : trop belle, il a peur qu'on la lui prenne, ou trop vieille, il craint qu'on ne se moque de lui. Seul Janvier aurait été admis à partager son intimité sentimentale et la vue sur Rome. Il aurait pu aussi nous inviter à Venise. L'arrière-saison à Venise a ses splendeurs. Mais à Chioggia ! Le Baedeker 1911 *Méditerranée* de mon grand-père mentionnait seulement : « Les steamers de la ligne Trieste-Ancône évitent

cette zone marécageuse. » Trente-sept mille habitants.
Des centaines de chalutiers. Un des plus importants
ports de pêche d'Italie. Des caseyeurs, des cordiers,
encore des chalutiers. Blancs, noirs, rouges, à bandes
bleues ou jaunes. Mais pas un monument qui « mérite le
voyage » pour parler comme les guides, pas un grand
homme, sinon Goldoni enfant et une aventure de Casanova. Face à Venise, au sud de la même lagune, reliée par
un cordon littoral si mince où végètent quelques
pêcheurs d'anguilles et de vieilles dentellières courbées
sur leurs tambours, une Venise ratée...

L'hôtel principal de Chioggia *Le Grande Italia*, confor-
table, quarante-deux chambres, chauffage central, est
fermé ce mois-ci, évidemment. Avec Novembre, rien
n'est simple. La station balnéaire voisine de Sottomarina
« très bien équipée » disent les prospectus, fréquentée
par les Milanais moyens et divers germaniques, est à
éviter.

Nous sommes installés dans deux ou trois pensions de
famille ; ou, comme moi, chez l'habitant, à l'étage non
noble d'une ancienne maison de commerce sur le Corso :
portraits de famille période 1890-1930, canapés et
guéridons, peluche et dentelle au crochet, sanitaires
même époque. Le propriétaire, un lieutenant-colonel
retraité de la Guardia di Finanza, a d'abord manifesté
une suspicion professionnelle vis-à-vis de ma présence ici
en cette saison. Quand je lui ai dit que j'étais journaliste,
il m'a bombardé de questions sur les scandales politiques
en France et quand je lui ai répondu que je ne m'intéressais pas aux affaires intérieures, ses doutes se sont

renforcés. Il a examiné ma carte de presse comme si c'était un faux patent, une sorte de passeport diplomatique chypriote. Et il m'a demandé de payer d'avance le loyer de la nuit.

Novembre a loué pour le dîner l'arrière-salle de la cantine des marins-pêcheurs de Chioggia, aux murs décorés de photos encadrées de syndicalistes en casquette au regard farouche et de sauveteurs à grandes moustaches portant médailles. Notre ami au cache-nez est un personnage pour arrière-salles de restaurants et couloirs d'assemblées. Le vrai pouvoir. On raconte qu'il a fait tomber des gouvernements, suscité plusieurs conflits locaux, en a réglé autant, servi d'intermédiaire entre Américains et Soviétiques aux pires moments de la guerre froide et encore aujourd'hui entre Moscou et Riga, que sais-je, qu'il a négocié le retrait de l'Armée rouge de Kaboul directement avec Chevardnadze, le ministre des Affaires étrangères soviétique, ex-général du KGB. Pourquoi est-il à la FAO à Rome ? Parce qu'il aime Rome. Et la FAO lui offre la plus sûre des couvertures en l'amenant naturellement à visiter toutes les zones à problèmes de la planète « pour y évaluer les besoins alimentaires », en étant au cœur de tous les conflits et de toutes les grandes négociations. Ses fonctions ne sont pas près de se terminer. Il y aura toujours des besoins alimentaires. Et l'agriculture est l'arme de demain.

Les grands empires comme l'Union soviétique, la Chine, l'Inde, peuvent prétendre maîtriser la politique, la diplomatie, la puissance militaire, mais jamais tout à fait leur production agricole. Trop de pluie ou pas assez, ou pas au bon mois, et c'est la famine, la ruine, la *dépendance*. Pouvoir fournir à tous, quelles que soient les circonstances et les quantités et seul (sans concurrence de l'Europe) la nourriture qui leur manque, voilà la vraie force de ce monde et celle qu'entendent conserver les Etats-Unis d'Amérique. Plus efficace que l'arsenal nucléaire et moins difficile à manier. Certains vont plus loin. Contrôler la fourniture de céréales, de viandes, de soja, c'est bien. Provoquer chez l'adversaire potentiel le déficit et la crise, c'est mieux. Longtemps, le KGB a accusé la CIA d'avoir réussi par des explosions contrôlées à très haute altitude à dévier un cyclone sur Cuba pour y détruire la récolte de canne à sucre. La réponse de la CIA a toujours été : « M. Fidel Castro et son régime communiste suffisent parfaitement à détruire une récolte. » Faire la pluie et le beau temps est l'exemple même du pouvoir absolu, celui du bon Dieu. Les services rivaux des grands de ce monde ne croient pas à la bonté de Dieu.

Toute cette théorie du « pouvoir vert » et de l'arme météorologique, je l'ai lue dans les journaux. Encore faut-il savoir lire la presse. Pour y voir plus clair, il faut aussi savoir écouter. Novembre répond parfois à Janvier, de technicien à technicien. Nous profitons de l'échange en nous faisant oublier. Que passent les nuages. Certains d'entre nous sont arrivés à Chioggia en voiture par Mestre et Porto Marghera, la nouvelle Venise, industries pétrolières et logements fonctionnels pour classes laborieuses. D'autres en avion, d'autres par le train. J'avais pris l'avion jusqu'à Bologne, puis un taxi pour saluer à

Padoue les Giotto de la chapelle des Scrovegni gravement atteints par le tremblement de terre. Quand j'étais jeune, je m'étais fait le serment d'aller chaque année au moins une fois en Italie, pour voir un tableau. A Sienne, le condottiere seul sur son cheval caparaçonné entre les remparts des cités rivales. A Venise, la tempête de Giorgione. Et à Chioggia ? Ma rêverie est interrompue par le président Janvier qui nous invite à écouter les recommandations de Novembre pour le dîner. Très vite, nous comprenons pourquoi il a choisi la cantine des marins-pêcheurs de Chioggia. Au menu, les jours ouvrés, soupe, pain frotté d'ail, antipasti. Mais aujourd'hui, le chef a décidé de nous offrir le repas que trente-cinq ans d'une modeste carrière ne lui ont jamais permis de réaliser. Tout le monde ne peut pas être saucier au *Ritz*. Nous sommes l'honneur de sa vie.

« Polenta grillée ou frite ? » « *Polenta et osei* », petits oiseaux, à ne pas rater. Ou avec du foie « à la vénitienne » en fines lamelles à la poêle avec des oignons ? Ou alors du riz. Le chef, un nain musculeux au tablier maculé, met en garde « Leurs Excellences » (il appelle Novembre « Excellence »), et nous bénéficions du même traitement. Attention, si on veut des pâtes, en dix minutes nous serons servis. Mais à moins de vingt minutes, une demi-heure, on bousille un risotto. Et si nous étions intéressés par le « *risi e bizi* », à goûter absolument ? Brouhaha. Novembre, avec une grande autorité malgré sa voix ténue, décide de confier au chef le choix du premier plat. Le temps qu'il soit servi, nous déciderons du poisson. La morue, spécialité locale même si elle ne se pêche vraiment pas dans la lagune, ou la *ganseola* qui est une sorte d'araignée de mer avec huile et jus de citron. Le nain musculeux s'essuie les doigts sur son tablier maculé, s'incline respectueusement et sort. Puis revient. Chacune de ses entrées est une entrée de théâtre ou plutôt de western : il laisse la double porte entre la cuisine et la salle où nous dînons s'ouvrir largement et battre derrière lui, avance d'un pas, jette un regard circulaire. Va-t-il dégainer et tirer ? Il s'incline et demande : « Quel vin plairait à Leurs Excellences ? » Les membres du Cercle des douze Mois se tournent vers Novembre dont le prestige gastronomique grimpe rapidement. « Pour le rouge, dit-il de sa voix frêle, un Amarone. Pour le blanc, Soave de Verone, bien sûr. » Et il va fermer une sorte de fausse fenêtre donnant sur une cour aveugle. La peur des courants d'air. Puis il enchaîne.

« Il y a deux mois, Septembre nous a chanté, avec accompagnement du chœur des femmes en noir, la mécanique infernale des règlements de comptes à l'antique, destin qui s'impose aux dieux eux-mêmes. Je n'ai certainement pas son talent, ni ses connaissances – la fausse modestie de Novembre fait partie de son personnage. Voici quelques exemples du pouvoir de l'homme sur l'homme.

« Lénine a rendu célèbre cette question qu'il posait à tout propos : *Chto kogo ?* (« Qui contrôle qui ? ») L'homme perd l'homme mais l'homme sauve l'homme. » Et Novembre resserre son cache-nez, sa voix se fait encore plus ténue :

« Lors de la dernière guerre – ceux qui connaissent cette anecdote exemplaire me pardonnent mais c'est un cas d'école toujours utile à citer –, les Anglais soumettaient à un interrogatoire long et rigoureux tous ceux qui, fuyant l'occupation allemande et le régime nazi, arrivaient en Grande-Bretagne. Les uns en bateau de pêche. Les autres récupérés par un sous-marin. Les autres dans un avion volé sur une base. Les autres à pied par l'Espagne. Les autres exfiltrés en Lysander sur un terrain clandestin entre Loire et forêt d'Orléans par le SOE lui-même. Patriotic School, où ils étaient internés, est une sorte de collège pour enfants de troupe, bâtiments en briques sales et boiseries tristes, plus proche de la prison que du centre d'accueil. Certains durent y séjourner plusieurs mois avant d'être reconnus comme des héros, des victimes, des volontaires de bonne foi, et admis. Toute la conduite de la guerre par les Anglais reposait sur le principe du monopole absolu du secret. Un seul agent allemand infiltré, et la machine de guerre fondée sur la "délusion" et l'intoxication, notamment en ce qui concerne le lieu et la date du débarquement, s'enrayait. Depuis des semaines, un Français répondait aux questions de l'officier de contrôle. Franc succès. Etudiant à Lille (vérifié), choqué par une arrestation d'un résistant près de chez lui (vérifié), il avait rejoint un réseau dans l'ex-zone libre (vérifié) puis était passé par les Pyrénées avant de croupir dans le camp d'internement espagnol à Miranda (vérifié). Et pourtant, l'officier de contrôle s'acharnait, reposait les mêmes questions, en inventait d'autres. Sans fin. Du coq à l'âne. A brûle-pourpoint.

« Qui tient qui ? »

"Quand vous étiez étudiant à Lille, pour aller de chez vous à la faculté, vous preniez le tramway ?
— Le tramway. Ligne AC.
— Quel était le prix de l'abonnement ?
— Il n'y avait pas d'abonnement. Des cartes hebdomadaires."
« Vérifié.
« Enfin l'ordre arrive de considérer cet évadé de France comme un authentique résistant et de l'intégrer dans les réseaux. L'officier de contrôle décide de reprendre une dernière fois toutes les questions. Toutes. Plus de trois heures d'interrogatoire. Enfin l'officier anglais dit : "Voilà. C'est excellent. C'est parfait. Vous êtes admis. Désolé d'avoir été si long, tatillon, soupçonneux. Mais c'est la règle. Et c'est la condition de notre salut, à vous comme à moi. Maintenant vous êtes des nôtres. Bravo." Et il ajoute, en allemand, *"Herzliche Glückwünsche"*, sincères félicitations, et l'autre répond, en allemand, *"Danke vielmals"*. Il a été pendu. »

Le premier plat arrivait. Novembre s'interrompit et, d'un geste, remercia le chef. Signes de tête discrets, clins d'œil ébauchés, paupière à demi fermée, cache-col de cachemire à plusieurs tours, c'était du pur Novembre. Et ça marchait. Tout semblait se dérouler comme par magie entre cuisine et arrière-salle. Sinon le patron du Syndicat des marins-pêcheurs de Chioggia, au moins le nain musculeux était-il certainement un honorable correspondant de Novembre. Il reprit doucement : « C'est l'homme qui fait tomber. Et c'est l'homme qui sauve. Le premier et ultime pouvoir, c'est celui de soi-même sur soi-même. C'est pourquoi le héros absolu est pour moi Pierre Brossolette. Intellectuel et homme d'action, le savoir et le pouvoir. Et s'il meurt pour ne pas parler, c'est, courage exemplaire, parce qu'il connaît ses limites. Ne suis-je pas un peu grandiloquent ? » Et du bout des lèvres il goûta au premier plat. Un personnage vraiment ténu.

La veille au soir, avant le carrefour avec la voie rapide vers Venise, le taxi, un vieux tout chauve à sandalettes, m'avait demandé si je m'intéressais à Tiepolo. *Si.* Et il bifurque d'un coup de volant sur Piove de Sacco. Dans la sacristie, un Tiepolo et, en prime, un Paolo Veneziano. Mauvais éclairage, mais il y a un angle de vingt degrés absolument miraculeux. Un autre Tiepolo au-dessus de l'autel de droite, sale. Il faut le deviner. Quand nous repartons, le taxi se retourne tout en conduisant et me dit en français avec un terrible accent vénitien : « Pour l'amour dé l'art. » Ce qui peut laisser entendre qu'il ne comptera pas le détour, ou que le détour mérite tous les excès de prix. Je l'invite à regarder la route devant lui. Il s'arrête. Pour rallumer son mégot ? Non. Il a laissé passer un autre carrefour, route en terre pour le sanctuaire de la Madonna delle Grazie. Il prend la route en terre. Du roman rustique aussi émouvant que solide, pas de fioriture, tout tient à l'équilibre des forces. Dans le petit collatéral, une *Vierge à l'Enfant* attribuée à Giovanni Bellini. Le bonheur. Le bonheur de la découverte et celui de la peinture. Le propre de la qualité d'une œuvre, musique, peinture, littérature, c'est que la surprise vient avec la connaissance. Plus on écoute, plus on regarde, plus on lit, plus on découvre. C'est le taxi au mégot éteint qui me tire dehors. Il doit rendre la clé. « Est-ce que je vais vous raconter l'histoire d'Henri Déricourt ? » demande Novembre. Sa voix est d'un registre rare, pour confessionnal. Il n'est pas possible de dire si elle est d'homme ou de femme. Quand on parle très bas, de façon aussi retenue, la voix du secret n'a pas plus de sexe que les anges.

« Déricourt, l'agent double, triple ou quadruple de la dernière guerre que l'IS britannique et la Gestapo allemande croyaient contrôler et qui jouait avec la vie et la mort des résistants français pour le plaisir du jeu ? Un ancien pilote d'exhibitions aéronautiques. L'aviation des années trente, c'est l'aventure par excellence, elle a ses héros, ses "chevaliers du ciel". Loopings, glissades et feuille morte dans les meetings aériens à Villacoublay et Toussus-le-Noble. Ferveur populaire. A terre, la bringue comme au cinéma.

« Grand tombeur de femmes, grand raconteur de coups, grand sabreur de champagne au bar de la *Lorraine*, place des Ternes ou au *Pam Pam* aux Champs-Elysées. Les maîtres d'hôtel appellent Déricourt "Monsieur Henri". Il a sa place, sa bouteille, ses petites amies. Champion de voltige et de séduction. A l'occasion, il gomme son père modeste facteur rural dans l'Aisne, oublie sa mère encore plus modeste et s'invente une lignée d'ancêtres : il suffit de mettre une apostrophe après le D. Plus tard, il s'inventera un carnet de vol prestigieux en Syrie et, pourquoi pas, un combat aérien héroïque qui lui vaudra la croix de guerre, alors qu'il avait heurté une ligne à haute tension. Mais quand l'illustre Daurat, le patron de l'aéropostale et de Mermoz, le teste avant de l'embaucher comme pilote à Air Bleu, Déricourt sait que Daurat ne tolère ni les femmes, ni les coureurs de femmes et il n'y aura pas plus modeste, efficace, discret, appliqué qu'Henri Déricourt (sans apostrophe).

« Quand il sera le *Flying Officer* de la Résistance, le responsable des atterrissages clandestins et des exfiltrations de tout le réseau Prosper, il sauvera réellement une centaine de résistants, ce qui fait sa gloire à Londres, Orchard Street, auprès de son ami Nick Bodington, numéro deux du SOE section France, et de son chef, le colonel Buckmaster lui-même. Mais combien en livrera-t-il aux Allemands et voyous français du SS *Sturmbann-führer* Boemelburg, maître de la Gestapo à Paris ? Ici commence l'incroyable vérité humaine. Nick Bodington, dont le père était l'éminent conseiller juridique de l'ambassadeur de Grande-Bretagne, est un ancien de Reuters. Qui dit Reuters dit services secrets anglais. Petit rondouillard à lunettes, il aime le vin et les femmes et est séduit par Déricourt qui a tous les succès. Ribotes. A cette paire de copains va se joindre Karl Boemelburg, nazi convaincu, conseiller spécial pour la sécurité de l'ambassade d'Allemagne. Oui. Sa Majesté le roi George VI de Grande-Bretagne et d'Irlande du Nord vient en visite officielle à Paris en juillet 1938, quelques mois avant Munich. Le ministre français de l'Intérieur demande l'aide technique de l'ambassade d'Allemagne, pour assurer la sécurité du roi ! Avec l'accord des Anglais. Et le conseiller spécial *Sturmbannführer* SS Boemelburg est désigné. Si. Quelle joie de travailler tous ensemble – *God save the King* – *Krieg nicht gut* – *Gai Paris*. Vive la coopération ! Vite on se tutoie tous. Cet impossible trio d'amis va se retrouver en pleine guerre : à Londres, Bodington, responsable de l'aide des Anglais à la Résistance française, Boemelburg, chef de la Gestapo à Paris chargé de traquer les résistants français, et ce merveilleux pilote de Déricourt, avec son charme, son culot et sa chevelure en tignasse dans laquelle les femmes aiment passer la main, qui va jouer pour les deux camps, entre les deux camps, les deux camps le sachant, et lui s'amusant à jouer.

« On peut compliquer encore le jeu du *Qui tient Qui*. Le vrai patron de Bodington et donc de Déricourt est sans doute, non Buckmaster le chef officiel du SOE, mais sir Claude Marjoriebanks Densey, "oncle Claude" pour ses amis, Mister Z pour ses ennemis, qui tire toutes les ficelles de la politique anglaise, considère le SOE comme une bande d'amateurs dangereux et même pas de bonne famille et aurait peut-être des liens indirects avec l'amiral Canaris, le maître de l'espionnage allemand. "Oncle Claude" sous les ordres de Churchill est le responsable de la plus grande intoxication de la guerre : faire croire aux Allemands que le débarquement n'aura pas lieu en Normandie. Certains ont avancé que Déricourt était manipulé par un autre service britannique sous la coupe de Blunt, qui se révélera un important espion soviétique, et qu'il est chargé d'éliminer les cadres non communistes de la Résistance française. Ce qu'il y a de sûr, c'est que notre homme est un sacré brouilleur de cartes. Déricourt écrira d'ailleurs un livre, inachevé, dont le titre était *Je sais que tu sais que je sais*. Le jeu de Qui tient Qui n'a pas de fin.

« Mais il vaut cher, celui qui peut au bon moment confier en toute amitié au SS *Sturmbannführer* Boemelburg : "Le débarquement allié aura lieu au Pas-de-Calais, précédé d'une opération de diversion en Normandie." Combien faut-il de vrais torturés et de vrais pendus, combien d'heures de guet la nuit et de frayeurs dans un chemin de Sologne, combien d'agents de la Gestapo en imperméables trop serrés qui vous attendent à la sortie du train de Tours, et de Lysander qui ratent leur atterrissage, combien de rendez-vous manqués l'angoisse au ventre, combien d'espoirs et de déceptions, combien de nuages de fumée au-dessus des crématoires de Dachau pour donner à un mensonge le poids de la vérité ?

« Après la Libération, Déricourt passe en jugement pour trahison. Des revenants imprévus, de retour des camps de la mort, l'accusent. Les services anglais, ambassadeur et colonel Buckmaster en tête, le soutiendront. Acquittement triomphal qui le met à l'abri de toute poursuite ultérieure. Et verre en main, pour le plaisir du coup, Déricourt racontera avoir livré le colonel Bonotaux et quelques autres. "Mais que vaut un colonel Bonotaux dans une guerre mondiale, quand il s'agit de tromper l'ennemi et donc de s'assurer la victoire ? Champagne pour tous." »

Novembre cherche du regard quelque porte qui bâille. Et dans un filet de voix : « Moi qui suis un esprit pacifique, et qui ignore tout des comptabilités héroïques insulaires, jamais je ne comprendrai comment les hommes peuvent avoir tant de courage. *Tant de courage quand ils sont seuls.* Il vient un moment où chacun est livré à lui-même. En marge de ce récit, voici le rapport d'un curé de campagne que le général Bertrand avait publié en annexe de ses Mémoires. Jetez un coup d'œil. On est très loin des joueurs de dés pipés. » Et pendant que les membres du Cercle jettent un coup d'œil, Novembre essuie ses lunettes comme si elles étaient embuées.

Hans FREY   BISTISSEN, *le 10-9-45.*
    Curé de BISTISSEN
    *District d'*EHINGEN

Au
Gouvernement Militaire
à
EHINGEN

Conformément à votre désir, j'ai l'honneur de vous donner le compte rendu de l'action pour fusiller vingt-quatre membres de la nation française, le 21 août 1944.

Il est possible qu'il y ait des inexactitudes du temps et de la suite de l'action mais je les pourrai éclairer facilement par une rencontre avec le Curé de ville Sauter, Ludwigsburg [1].

Dimanche, le 20 août 1944, Monsieur le Curé de ville Sauter de Ludwigsburg venait me prier de l'aider à préparer à

---

1. Le style et l'orthographe sont respectés.

171

mourir vingt-quatre Français condamnés. Il était lui-même chargé par l'autorité compétente du District n° 5. J'acceptais et entrais à la caserne le matin prochain. On prétendait que les prisonniers étaient venus de prison de Hall dans cette nuit. A trois heures du matin, ils furent emmenés des cellules et s'étaient placés devant les cellules, il leur fut lise le jugement de mort en allemand et en français par un officier à la présence des substituts du tribunal de guerre et il fut fixé l'heure sixième du matin pour date de l'exécution. Les prisonniers vêtus civils avaient des professions différentes et étaient âgés entre vingt et cinquante années. La cause de la condamnation était comme prétendue l'espionnage et d'être partisans De Gaulle. Pour un moment, tous étaient excités en entendant la condamnation à mort, mais ils restaient calmes – à l'officier demandant leur dernier souhait, un prisonnier, probablement le responsable des condamnés (fabricant de profession), capitaine en service militaire, dit que leur dernier souhait était d'être enterrés en terre française. La demande fut accordée en peu de mots. Alors, chaque prisonnier eut la permission d'écrire des lettres et de fumer.

En même temps, nous commencions la confession dans deux tentes opposées. Après la confession, un autel fut établi dans une tente. La tente était petite et ce n'était que la moitié qui allait à la communion en même temps. On fit les prières et tous communièrent.

Après la communion, un prisonnier demanda la permission de chanter le Salve Regina.

C'était émouvant d'entendre chanter ces hommes consacrés à la mort, en se mettant, pleins de confiance, dans la protection de la Sainte Vierge. Alors, tous dirent un Pater *pour l'Eglise catholique en Allemagne, en la remerciant de leur avoir accordé les saints sacrements.*

Après la célébration religieuse, les premiers huit condamnés furent enchaînés de nouveau, emportés sur un camion et conduits à l'endroit de l'exécution. Les Curés les accompagnèrent en camion. En chemin, les prisonniers chantèrent des chants religieux et patriotiques. Tous étaient calmes et préparés. A l'endroit d'exécution, on desserra les fers, les prisonniers se déshabillèrent la partie supérieure du corps. A l'appel de chaque nom, ils furent conduits et liés aux poteaux. Chacun pria de ne pas lui bander les yeux. Les soldats d'exécution étaient déjà présents. Après lecture de la condamnation à mort, le Curé dit, au milieu de la place, quelques prières courtes, en donnant l'absolution générale. Après que nous avions reculé, les prisonniers, comme faisant suite à un ordre, s'écrièrent tous ensemble « Vive La France ».

Alors, on entendit les commandements et la salve tonna. Des officiers et un médecin militaire, accompagnés par les curés donnant la dernière bénédiction, passèrent devant les fusillés en constatant leur mort. Même dans les derniers moments avant leur mort, aucun n'était faible ou désespéré. Tous moururent complètement prêts, absolument calmes, pleins de confiance en Dieu et en leur Patrie. Leurs yeux brillaient sans montrer de la haine contre la nation qui les condamnait à mort. Ils se sont distingués comme vrais Chrétiens et Héros de leur Nation.

Après avoir constaté la mort de tous, on apporta des cercueils pour les y mettre. Les poteaux furent nettoyés du sang, de même que la terre. Les cercueils furent emportés et disposés dans un camion.

Alors, le deuxième camion arriva avec les autres huit condamnés, qui allaient mourir aussi bravement que les premiers. Obligé de dire la messe dans l'église, je n'étais plus présent à l'exécution des derniers. Mais des soldats et des officiers l'ont confirmé que l'attitude des derniers étonnait tout le monde. Je ne sais pas où les morts ont été transportés. J'ai entendu dire qu'on les transportait au cimetière de Sontheim. Monsieur le Curé Sauter n'aurait pas été admis à l'enterrement non plus.

Ayant promis à quelques-uns, surtout au responsable, de transmettre à leur famille leurs dernières salutations, veuillez me faire savoir les adresses nécessaires. Par suite de l'attaque aérienne contre Heilbronn, j'ai malheureusement perdu toutes mes notes et indications.

Espérant d'avoir donné suite à votre ordre autant qu'il était possible, veuillez agréer l'expression de ma considération la plus distinguée.

Le nain musculeux au tablier taché vient annoncer les poissons. Avec fierté, il soulève les couvercles des plats. Longs murmures d'approbation qui sont aussi une occasion de détente plus que nécessaire. Le dîner reprend. Le Cercle n'a d'autre but que de raconter des anecdotes exemplaires. Janvier a mis sa serviette dans son col, comme autrefois les ecclésiastiques invités au château. Tout le régale : le vin, la qualité du menu, mais aussi le lieu et le personnage du chef à la dévotion de Novembre, aussi obscurs l'un que l'autre.

L'adjectif « insulaire » n'est pas passé.

« Je ne vous savais pas aussi spiritualiste, dit Septembre de sa voix de comptable repérant une erreur de virgule, un professionnel du renseignement qui évoque le Père éternel, c'est rare.

– Ah, répond Novembre. Je ne vous ai pas demandé si tous les agents de la DST croyaient au Code pénal. Quant à moi, je m'occupe depuis longtemps de choses excessivement compliquées en tant que modeste expert de la prévision de récoltes : l'anticyclone des Açores, la dépression d'Irlande, l'effet Coriolis, les errances d'El Niño et le trou dans la couche d'ozone. C'est un vaste domaine que celui du ciel et de la terre, et ô combien fuyant, celui des nuages. Il faut simplifier. Ma conviction est faite : l'homme tient l'homme. Dieu l'ayant fait à son image, Dieu tient Dieu, et est, si j'ose dire, le moins libre de nous tous. »

Janvier intervient en tapant sur la table avec son chapelet d'ambre. On a évité de peu la guerre des polices. Il ne faudrait pas qu'on lui gâche son dîner avec en plus de la métaphysique. « Peut-on revenir à votre récit, mon cher Novembre ? » Le tonnerre n'éclatera que plus tard dans la soirée. Et hélas à propos d'Août. Novembre reprend.

« Vous connaissez la véridique histoire de George Blake, l'agent double condamné par les Anglais à quarante-deux ans de prison. Voilà, me semble-t-il, le cas assez typique d'un destin qui bascule. Souvenez-vous. Printemps 1950, la guerre de Corée. Le 25 mai, le Nord soutenu par la Chine et l'Union soviétique attaque le Sud. Le 28, la capitale, Séoul, est prise. A l'ambassade de France et l'ambassade d'Angleterre, immédiatement envahies, les communistes capturent un consul adjoint anglais, George Blake et un consul adjoint français, L., que leurs fonctions désignent assez clairement comme n'étant pas seulement des diplomates. Ils vont être les victimes d'un traitement particulièrement horrible et systématique. Edgar Poe avait inventé le supplice de l'Inquisition : la torture par l'espérance. Il s'agit, pour les Nord-Coréens et leurs alliés, de mettre en pratique la torture par désespoir.

« Isolés, battus, harcelés de questions. Puis, après des mois de cachot en cachot, ayant perdu toute notion du temps, ils sont jetés à coups de crosse dans un convoi de prisonniers qui remonte vers le nord. C'est l'hiver. Chaque nuit, il gèle à moins quinze ou moins vingt. Chaque soir, la colonne s'arrête devant des baraquements calculés pour être trop petits. Un quart des prisonniers ne pourra pas y entrer. Ceux qui resteront dehors ne survivront pas. Le but est que les prisonniers se battent entre eux pour ne pas mourir de froid. Puis se battent entre eux pour ne pas mourir de faim. Moins de la moitié, des fantômes tremblants de fièvre, arrivent au Ya-lou, le fleuve frontière avec la Chine de Mao. Là, George Blake et L. sont de nouveau mis au cachot, roués de coups, privés de toute notion du temps, à peine nourris, condamnés à mort, conduits les yeux bandés au mur pour l'exécution... Fausse exécution, nouveau cachot, nouveau jugement. Les cinq cent mille "volontaires" chinois et leurs alliés soviétiques ont des difficultés militaires : le grand va-et-vient avec les Américains a commencé. Les autorités communistes décident d'une tournée de propagande, utile au moral des troupes et de la population. George Blake et L. sont mis dans une cage roulante et exhibés de village en village. La cage porte un écriteau : "Attention, animaux sauvages, agents de l'impérialisme étranger." On leur jette de la boue, des ordures, parfois des trognons de légumes pourris qu'ils dévorent pour survivre. »

Plusieurs des membres du Cercle des douze Mois, fourchette en l'air, se sont arrêtés de savourer le *bacalao alla vicentina*, d'une exceptionnelle qualité. Les verres restent à moitié vides. Janvier, la bouche serrée, joue avec son chapelet d'ambre. Il a été un prisonnier torturé, on le sait. Moi, je regarde Août. Depuis Octobre, nous ne nous sommes pas revus et ce soir, nos regards ne se sont pas croisés mais chacun, de côté, regarde l'autre. Jamais Août n'a été aussi resplendissante. Elle a fait un effort d'élégance assez rare qui, dans cette arrière-salle du syndicat des marins-pêcheurs de Chioggia, surprend davantage encore. Bas noirs, jupe de cuir étroite, chemisier de soie. Tenue de combat. Et elle, qui n'était jamais maquillée sauf le rouge des ongles, a du bleu et du noir aux yeux. Peintures de guerre.

« Dans leur cage, reprend Novembre de sa voix ténue, George Blake et M... ne se parlent plus depuis longtemps. Leurs gardiens inventent maintenant de les faire s'accuser l'un l'autre. C'est Blake qui, sous la menace, cède : il accepte de dénoncer son compagnon de chaîne, il invente le vol d'un morceau de savon, mensonge qui vaudra à M... d'être battu plus sévèrement encore. Le but est de provoquer en même temps la déchéance et la haine, la haine étant aussi une forme de désespoir. Un

jour où ils sont hués par une foule de villageois particulièrement agressifs, Blake murmure entre ses dents à
M... : "J'ai trente ans. Je ne mourrai pas oublié dans une
cage en Corée du Nord le long du fleuve Ya-lou." La
machine humaine a gagné contre l'homme. C'est réglé. Il
signe toutes les confessions qu'on veut, est récupéré par
les services chinois, passé aux services soviétiques. A
Londres il raconte tout aux services britanniques. Qui
tient qui ? Ainsi devient-on agent double. Jusqu'au jour
où les Anglais, considérant qu'il a plus donné de secrets
militaires à Moscou qu'il ne leur a été utile à eux-mêmes,
le condamnent à quarante-deux ans de prison. Il s'éva-
dera, regagnera l'URSS, sa vraie patrie et y mourra
retraité dans un deux pièces-cuisine. C'est l'homme qui
décide. »

La fin de l'histoire de Blake permet aux membres du
Cercle des douze Mois, avec un soupir de soulagement,
de se resservir de *soave* et de finir leur plat. Janvier, sans
vergogne, sauce avec son pain. De nouveau, il y eut une
rumeur d'éloge dont il était difficile de dire si elle était
adressée à Novembre, au cuistot ou aux deux. Et dans
l'amour, qui tient qui ? Celui qui aime aimer ou celui
qui aime être aimé ? Je regardais Août, qui regardait le
plafond écaillé, et je voyais son petit muscle qui bougeait
à l'angle de son maxillaire. Elle avait bien déterré le
tomahawk des Indiens Cheyennes. Moi, je rêvais doucement à l'idée d'avoir visité Chioggia avec elle. Avant le
dîner, j'étais allé flâner en ville et j'étais enchanté. La
porte Sinibaldi m'avait conduit au Dôme qui est du XVIIᵉ
mais flanqué d'un campanile du XIVᵉ. La chapelle des

saints Felice et Fortunato abrite une œuvre de jeunesse de Tiepolo. Mais déjà il fallait choisir le dessert. Janvier arrondissait sa bouche en cul de poule devant de très orientales pâtisseries vénitiennes. Il fut décidé à la quasi-unanimité de les accompagner d'un vin plus généreux. De nouveau, je regardais Août. Elle portait un chemisier vert Nil. Pourquoi vert Nil ? « Ce n'est pas la couleur qui est jolie, c'est le nom. » Celui qui aura le dernier mot avec Août n'est pas né. Comment avions-nous pu l'élire, chacun d'entre nous croyant être seul à la connaître, alors que nos folles vies avaient toutes plus ou moins à un moment croisé son chemin ? Sauf Novembre, semble-t-il. L'agriculture secrète a des limites. Et pourtant, c'est de Novembre que va venir l'orage.

« Il m'est arrivé, ou plutôt il est arrivé à un de mes collaborateurs de la FAO la même mésaventure, dit-il. Un jeune Allemand charmant, portant le nom illustre d'une jeune fille citée par Goethe – vous vous rendez compte, Goethe parlant à Eckermann – et pour laquelle il aurait eu un moment de tendresse. Portrait présumé par un disciple saxon de Nattier au musée de Dresde, disparu dans le bombardement et l'incendie de la ville. Où en étais-je ? Ah oui. Charmant jeune Allemand, ce R. Fait prisonnier en 43 sur le front russe. Puis promené de camp en camp par les Soviétiques. Avec une idée. Contrôler ce jeune et brillant juriste issu d'une classe sociale – bourgeoisie éclairée et petite noblesse traditionnelle – où ils ont peu d'accès. De camp en camp, de la Sibérie centrale au Grand Nord, pendant onze ans... Des accords successifs entre Adenauer et Moscou ont permis de libérer tous les prisonniers allemands. Pas lui. Quand il s'étonne, se plaint, écrit, interroge, insiste, toujours la même réponse. "Ah toi, tu as plutôt intérêt à te faire oublier. Avec le dossier que tu as !" Et bien sûr jamais il ne peut avoir la moindre idée de ce qu'on lui reproche, puisqu'il n'a rien à se reprocher. L'horreur des camps, les pierres trop lourdes à porter, les trous inutiles à creuser, la fatigue, le froid, la sous-alimentation, la peur. L'organisation du désespoir. Jusqu'au jour, celui de ses trente ans, où il décide lui aussi de ne pas rester derrière ces barbelés à entendre le croassement des corbeaux perchés sur les piquets, dernier et seul Allemand oublié en URSS. Il signe sans les lire toutes les confessions imaginables et inimaginables. Il signe un engagement "d'œuvrer pour la paix et l'Union soviétique" en réparation de ses fautes. Il est tenu. Il est libéré. »

Moi, je connais déjà cette histoire. Je rêve. Le nombre d'histoires que les journalistes connaissent et ne racontent pas est encore plus élevé que celles qu'ils inventent. Je rêve que je marche avec Août jusqu'au port de pêche. Il n'y a qu'à suivre les canaux et se laisser guider par l'odeur de mer et de mazout pour découvrir au coin d'une rue les mâts de charge qui se balancent et les filets entassés sur le quai. J'aime Chioggia, ou est-ce l'image d'Août que j'aime ? Peut-être le vent du large s'est-il levé. Un volet bat quelque part sur un mur de la cantine des marins-pêcheurs.

Novembre boutonne haut sa veste et poursuit. « A partir de 1958, les organisations de la famille des Nations unies commencèrent à recruter des Allemands.

Le jeune R., qui venait d'achever brillamment des études de droit interrompues par la guerre et la détention, est l'un des premiers recrutés. Onze ans après être enfin rentré d'Union soviétique, il croit tout oublié, quand les Soviétiques se rappellent à lui ou, pour être plus précis, lui rappellent son engagement. D'abord en demandant des renseignements "ouverts" ou très accessoires comme l'organigramme de la FAO, qui est public, et le portrait des principales personnalités internationales qu'il a eu l'occasion de rencontrer, ce qui n'est pas compromettant. C'est leur technique, à Moscou, pour ferrer le poisson peu à peu sans qu'il casse la ligne. Puis un jour, hop, le coup décisif : la copie des conversations secrètes que je viens d'avoir à deux reprises avec le maréchal Tito qui a décidé d'orienter la Yougoslavie à l'Ouest par le biais d'une convention agricole avec la Communauté européenne naissante, en accord avec le GATT. Le technicien de l'agriculture et du GATT, c'est moi. Et moi, je sais, vingt ans avant la chute du mur de Berlin, que la première fissure vient de se produire, très grave, et que le camp occidental gagnera parce que l'espoir a changé de camp. »

Autour de la table, on se sert et se ressert. On commente le vin. L'un des membres du Cercle demande : « Et votre ami le jeune R., qu'est-il devenu ?

– Son nom était sur la liste des cent vingt taupes soviétiques livrée par un défecteur russe, vous vous souvenez, celui qui avait cité l'agent Topaze à l'Elysée dont il ne connaissait que le nom de code. Vous vous souvenez aussi des généraux et officiels allemands qui se suicidaient ou mouraient en série d'accidents étranges, parce qu'ils se savaient grillés ou parce qu'ils étaient exécutés pour qu'ils ne parlent pas. En ce qui concerne R., j'ai été prévenu par les autorités italiennes. R. m'a raconté toute son horrible histoire comme je viens de vous la raconter, et en l'écoutant j'étais aussi ému que lui. Il avait les plus grandes circonstances atténuantes. Je lui ai conseillé en toute amitié une démission discrète. Ce qu'il a fait. Mais l'histoire ne se termine pas là. Sinon, elle ne serait pas exemplaire. »

On peut avoir une silhouette très mince et ne pas être insensible au plaisir de captiver un auditoire. Le volet extérieur claque de nouveau au vent. Novembre laisse passer un temps, croque un bout de gressin, boit un doigt de rouge, et dit :

« Ensuite, il nous a attaqués pour licenciement abusif. Et quand j'ai essayé de le raisonner (il avait livré un document secret, allait être déclaré *non grata*, etc.), il m'a insulté comme un chien, traité de valet des impérialistes, de fauteur de guerre nazi, de criminel à abattre. Il avait été vraiment retourné. Il m'a craché dessus. » Et Novembre essuya du revers de la main le col de son veston.

Dans les murmures qui suivirent cette fin, Août faillit intervenir. Je voyais le petit muscle bouger. Oui, le vent mauvais s'était levé. Mais Novembre, porté par son succès, avait déjà repris et sa voix était peut-être moins retenue que d'habitude.

« Beaucoup plus plaisant, dit-il, et tout aussi exemplaire. Comme l'a fait remarquer si justement Septembre,

la méthode soviétique du renseignement n'est pas de
dérober un document mais de tenir la personne qui a le
document... L'histoire de notre ambassadeur à Moscou
est célèbre. Les services du KGB ont estimé que si un
jour le général de Gaulle revenait au pouvoir, il le
nommerait ministre des Affaires étrangères en raison
peut-être d'un vieux compagnonnage, plus sûrement
parce que le général a toujours eu pour règle de choisir le
plus ancien dans le grade le plus élevé. Style militaire.
"C'est une merde ? Amenez-moi cette merde." Il faut
donc à toutes fins utiles tenir l'ambassadeur. Le piège est
tendu à son épouse. Ce qui est fascinant dans cette
affaire, c'est le nombre d'agents, d'écoutes, d'analyses, de
rapports, de réunions, d'experts et de contre-experts, de
graphologues, de phrénologues, de psychologues, sans
compter les innombrables as des services de manipula-
tion, pour arriver à cette conclusion opérationnelle, si
simple et presque vulgaire : l'ambassadrice aime se
dévouer, aurait pu être infirmière et ne déteste pas les
bruns. La suite est aussi connue : la villa prêtée par les
autorités soviétiques au bord de la mer Noire, le bel
ingénieur arménien qui simule un accident de ski
nautique devant la villa (vrai traumatisme crânien) où il
est porté d'urgence puis déclaré médicalement intrans-
portable. Le voilà donc confié aux bons soins de l'ambassadrice. Convalescence de rêve, sinon qu'il ne s'est rien
passé entre eux, rien en tout cas qui soit susceptible de
satisfaire les services dits compétents. Rien ! L'ambassadrice a été parfaite. Sauf qu'elle n'est pas "tombée". C'est
l'ambassadeur qui, bien plus tard, succombera par hasard

aux charmes d'une blonde en mission, comme tout Soviétique habilité à rencontrer des étrangers. Aussitôt, chantage. D'où la fameuse apostrophe du général à l'intéressé, quasi septuagénaire, venu rendre compte d'urgence à Paris : "Alors, on baise !" » Août s'énerve un peu. Je crois qu'elle va parler, mais se tait. Le volet bat de nouveau, plus fort. Novembre cherche quelle porte fermer. Le nain musculeux et honorable correspondant qui a mis pour l'honneur une haute toque blanche de chef apporte les cafés serrés sous une salve d'applaudissements. Il salue militairement, la main au bonnet, tel un grognard.

« L'anecdote encore plus exemplaire, dit Novembre de sa petite voix douce et asexuée, est celle de *la fille du conseiller commercial*. Plus exemplaire et moins connue. »

Je pense à Août et à Chioggia. A côté du Dôme (j'ai le Guide bleu en main), le clocher octogonal de Saint-Martin, 1392, polyptyque attribué au merveilleux Paolo Veneziano. J'aime les tableaux « attribués ». On a le sentiment d'une découverte personnelle, intime, comme si on avait retourné un vieux cadre dans le bric-à-brac d'une vente aux enchères et, le cœur battant, trouvé le chef-d'œuvre. Le Corso del Popolo est bordé de palais du XVIe et du XVIIe siècle. Août aimerait sûrement ce grand air d'architecture charmant, mais sans ostentation. Existe-t-il plus grand bonheur que de découvrir ensemble ? Novembre a repris.

« Dans une réception diplomatique à Varsovie, une jeune Anglaise est séduite par un jeune officier polonais. Il a tout pour plaire, un joli regard, de belles dents, des états d'âme sur son devoir patriotique et son rêve de liberté. Elle a vingt ans. Romanesque, dirait Septembre. Non ? Mais cela va un peu plus loin qu'un rendez-vous dans le métro de Moscou. (Sourires des membres du Cercle.) Leurs ébats amoureux sont dûment enregistrés. Et la question est posée à l'état-major des services soviétiques. Qui peut-on faire chanter ? Le père de la jeune fille est conseiller commercial à l'ambassade d'Angleterre. Intéressant, certes. Mais je l'ai dit, la fille a vingt ans. Et la décision des services est admirable : "Attendons de voir qui elle épouse." Cinq ans après, elle épouse un officier américain qui deux ans plus tard est nommé attaché militaire adjoint dans un pays de l'Est. C'est le moment où le chantage est activé. Qui tient qui ? »

J'ai vu le petit muscle maxillaire d'Août bouger quand son épisode moscovite a été évoqué. Une facilité que s'est payée Novembre pourtant si prudent. Mais les professionnels ont leur faiblesse : croire qu'ils n'ont à faire qu'à des professionnels. Et puis la soirée est si amicale dans cette cantine des marins-pêcheurs de Chioggia, le dîner si délicieux, à la gloire discrète de Novembre, parfait organisateur et conteur à la voix d'ange.

Avant que circulent les liqueurs, Août est intervenue :

« Vous ne trouvez pas que vos histoires de secrets et de cul sont un peu répétitives ? »

Janvier en arrondit la bouche d'étonnement. Il tape sur la table avec son chapelet d'ambre. Mais Août a repris :

« Le beau brun qui séduit la faible femme et la belle blonde qui couche avec le gentil monsieur, ce n'est pas vraiment trop ringard ? On en est encore là chez les grands garçons moustachus ? »

Janvier en oublie son chapelet. Silence. Novembre répond de sa voix ténue :

« Encore là... Ça ne dure que depuis le Paradis terrestre. Une histoire de pomme tendue à Adam par Eve. »

Sourires autour de la table.

« J'oubliais le serpent dans l'arbre », dit Novembre qui se sent à son avantage. C'est ainsi que les erreurs se commettent.

« Le texte de l'Ecriture est très clair, non ? dit le pasteur Avril, en tout cas plus clair que Lénine. La chaîne du mal est : le démon qui tient Eve qui tient Adam. Mais la punition frappe les trois. En chaîne aussi : la femme écrasera la tête du serpent, mais son mari l'emportera sur elle et lui travaillera à la sueur de son front. Genèse, XI, 4. »

Peut-être Mai a-t-il souri un peu plus que les autres. Août ne regarde plus le miroir rouge de ses ongles, elle se mord les lèvres et dit :

« Vous croyez que le serpent ne se sert que des femmes ? Et si c'était un petit garçon qui avait offert la pomme ? A l'Elysée, puisque sans arrêt on me cherche sur mon passage à l'Elysée, l'aventure malheureuse d'un ambassadeur pris avec un écolier la veille d'une visite officielle du président de la République était la fable des couloirs. Que l'ambassadeur soit barbu et fume la pipe est une bien piètre feuille de vigne. »

Autour de la table, il n'y a qu'un seul diplomate, il est barbu et fume la pipe. Qu'est-ce qui lui a pris à Août ? Mais pourquoi faut-il qu'elle soit ici la seule femme ?... Un silence terrifiant. D'un mouvement involontaire, tous les membres du Cercle des douze Mois se sont tournés vers Mai. Et là, Août, comme toujours quand on a commis la faute, aggrave son cas. Elle regarde aussi Mai, rougit et dit : « Oh, pardon... »

Janvier, tous les membres restent muets. Le nain musculeux, qui venait proposer la tournée du chef, s'arrête stupéfait et se retire en marchant à reculons. La porte bat longtemps derrière lui. Mai est très pâle sous sa barbe. Il ne regarde personne, ne voit personne. Il se lève lentement, ouvre la porte lentement, et sort. Janvier a à peine le temps de dire : « Messieurs... »

La porte se rouvre. Mai reprend sur la table sa pipe qu'il avait oubliée et sort de nouveau en fermant la porte encore plus doucement.

« Je suis désolée », dit Août, et elle secoue ses épaules.

« Il faut aller le rechercher », dit Janvier, et sa voix siffle.

Novembre dit : « C'est ma faute. »

Et il sort, en nouant son cache-col.

« C'est à moi d'aller le chercher, répliqua Août. C'est ma faute. »

Et elle sort en secouant les épaules. Janvier est tassé dans son fauteuil, sans voix. Il ne joue même plus avec son chapelet d'ambre. Jamais, jamais quelqu'un n'a quitté le Cercle des douze Mois en fermant aussi doucement la porte.

Je sors aussi. Je cours dans le noir après Mai, qui est un ami et que j'ai toujours considéré comme un excellent diplomate, nettement plus courageux que la moyenne des fonctionnaires nationaux et internationaux. Ou en courant après Août. Rien. Tous ont disparu. Chacun regagne sa pension, sans un mot. Chacun seul va reprendre demain matin son train, son avion, sa voiture. Moi aussi. Je n'aurai pas eu le bonheur de visiter, avec Août, Chioggia, ville magique au fond boueux de la lagune, Venise miraculeusement préservée de la puissance, de la gloire, des touristes. Je ne lui aurai pas fait découvrir des tableaux inconnus et le port où les centaines de chalutiers tirent sur leurs amarres. C'est la nuit et l'éclairage public est pauvre. En novembre, le vent est froid. Il souffle sur la place du marché devant l'église baroque inachevée. Je n'aurai pas, après avoir franchi deux canaux, été admirer dans l'église San Domenico un *Saint Paul* qui est la dernière œuvre sur cette terre de l'immortel Carpaccio. Où ont couru Mai et ceux qui lui courent après ? Du port montent des bruits de chaînes, de réas, de cris, de moteurs lourds diesel. Les chalutiers sortent pêcher en mer pour la nuit.

7

DÉCEMBRE

La tempête

Courir dans le vent coupe le souffle. Nous n'avons pas fini de courir dans le vent et d'avoir le souffle coupé.

Le 3 décembre (un préavis de quinze jours minimum est de règle pour le rendez-vous du mois), tous les membres du Cercle ont reçu cette convocation : « On se retrouve pour dîner le mercredi 18 décembre à vingt heures à l'hôtel du Fromveur, Lampaul, Ouessant, Finistère. La mer, ça ne se raconte pas, ça s'écoute. Signé : Décembre. » Et dans l'après-midi un télégramme de confirmation. « LES TROP MINABLES QUI NE SERONT PAS À OUESSANT SERONT ÉJECTÉS DE NOTRE CERCLE DE MINABLES. » Du Décembre tout craché. Humour et provocation. Certains n'aiment pas. Pour moi, Décembre est un très grand marin et un ami.

Pour se rendre à Ouessant, un avion de Finist Air part de l'aérodrome de Brest deux fois par jour. Et une vedette quotidienne de la société Pen Ar Bed part du Conquet avec escale rapide à Molène : être à quai n'a jamais été idéal pour un bateau, encore moins à Molène ou à Ouessant. Le samedi, deux navettes. J'ai retenu sur le vol Paris-Brest du samedi matin pour prendre celle de

191

midi. Avant le dîner, je pourrais visiter Ouessant que je ne connais pas, sauf un mouillage au Stiff qui n'est pas le plus joli de la côte. Sans être un grand marin comme Décembre, il m'est arrivé de naviguer en compétition dans la région. Passer au large d'Ouessant relève de la sagesse des proverbes. Il faut laisser à l'est le phare du Four (cinq éclats blancs toutes les cinq secondes), et on sait qu'on est dans le bon chenal quand on a le phare de Saint-Mathieu (un éclat blanc toutes les quinze secondes) dans le 158° 5'. Laisser ensuite à bâbord la balise à sifflet de la Valbelle (deux éclats rouges six secondes), puis celle de la basse Saint-Paul (rouge à occultations), quand ensuite on est aux Vieux Moines (éclats rouges quatre secondes), ça y est, on est quasiment dans la rade de Brest. Si le but est de passer aussi la chaussée de Sein, toute l'habileté consiste à ne pas se trouver dans l'un des deux chenaux, le Four ou Sein, à vent contre courant.

La traversée du Conquet à Ouessant avec la très grosse vedette de Pen Ar Bed ne devrait pas être un problème, même si *Fromveur* veut dire en breton « grand torrent ». Une heure, une heure et quart, escale à Molène comprise. La mer du mauvais temps de suroît est cassée d'abord par la chaussée des Pierres-Noires, puis par le chapelet d'îlots et d'écueils situés entre la pointe Saint-Mathieu et Molène, Beniguet, Morgal, Guéménès, Kitiri, Trielen, l'île aux Chrétiens, peuplée de pierres levées préceltiques, de lapins non myxomateux et de colonies d'oiseaux marins protégés. J'ai pris la météo sur RFI le jeudi matin. Frais à grand frais du sud-ouest, six à sept à l'échelle de Beaufort. La météo de vendredi prévoit pour le week-end sur Irlande Sud et Bretagne coup de vent d'ouest force huit, rafales sous les grains montant à neuf. Départ de Roissy sans difficulté : c'est sur la côte que le mauvais temps se déchaîne. L'avion ne se posera pas à Brest. Nous sommes détournés sur Lorient. Ensuite, un car qui se traîne de chef-lieu en chef-lieu de canton. J'arrive à Brest sous un ciel bas chargé de grains et de rafales. Triste déjeuner au buffet de la gare. Depuis hier soir, les avions de Finist Air ne décollent pas. Leur sympathique pilote à casquette en patchwork de tweed doit être bien déçu. J'ai raté la vedette de midi pour Ouessant. Je vais essayer, sans grand espoir, celle de seize heures.

Le Conquet est balayé par le vent d'ouest. Les bateaux chassent sur leurs amarres, les mâts dansent, les gréements grincent, sifflent, hurlent. La pluie cingle presque à l'horizontale. Visibilité quasi nulle sous les grains. Quand je sors du taxi, une silhouette en ciré jaune à la porte d'un café me fait de grands signes de bras. C'est Août. Elle est habillée n'importe comment de façon très efficace. Jeans, bottillons en je ne sais quoi, chandail marin à col roulé, écharpe à trois tours, cheveux au vent. Je ne vois pas ses yeux, sa figure est noyée de cheveux.

« J'ai pris le train de Paris à Brest. Tranquille, dit-elle.

— Moi j'ai pris l'avion et raté la vedette de midi.

— Tranquille, elle crie dans le vent qui hurle. On essaye celle de seize heures ? »

Et nous entrons dans le bureau de Pen Ar Bed en nous tenant par la taille pour résister aux rafales. Cinq ou six clients sont déjà venus aux nouvelles. Le patron répond : « Le Four, je peux peut-être faire. Mais le vent est en train de forcir en halant le noroît. Le Fromveur, je ne fais pas. D'ailleurs, si on traversait, la mer tourne la pointe et je ne pourrais même pas me mettre à quai au Stiff pour débarquer des passagers. » Il y a quatre passagers pour Molène qui insistent. L'un, un vieux, a laissé son chien et ne veut absolument pas l'abandonner pour le week-end. Deux étudiants de Brest sont attendus pour l'anniversaire de la mère de l'un d'eux. Et ils supplient le patron de la vedette qui hoche la tête : il faudrait arriver à Molène au môle du Bon Retour avant le noroît. Difficile. Très difficile. Alors les deux jeunes, comme argument suprême, posent un paquet enrubanné sur le comptoir : « C'est nous qui apportons le gâteau d'anniversaire. » Ça vaut bien son poids de BMS du CROSS de Corsen. Une douzaine d'autres clients sont déjà à bord. La vedette a la réputation de toujours passer. « On passera, dit le patron. Parce qu'on sera, pas avant le vent du noroît, mais avant la mer du noroît. Molène seulement. Je ne fais pas le Fromveur. » La moitié des clients débarquent. Nous nous regardons, Août et moi : « On essaye ? — On essaye. » Les jeunes sont déjà assis à l'arrière, se serrant l'un contre l'autre, le gâteau sur les genoux. Le CROSS de Corsen annonce force neuf. Indice de confiance quatre sur cinq. Nous n'avons aucune nouvelle des autres membres du Cercle des douze Mois. Nous nous serrons l'un contre l'autre.

Sortir du Conquet, même si le quai de la vedette est à l'entrée du port, est un exploit. Nous sommes chassés dès que nous quittons l'abri du môle Sainte-Barbe. Nous allons être jetés sur la Basse du Filet. Comment le patron, en prenant sa vitesse dans la dérive puis en jouant des moteurs, réussit à faire tête, je ne sais. Le vent est dans l'axe de la passe. Le bateau pioche dans la mer qui est d'un gris-vert sale et déjà à moitié couverte d'écume blanche. « Du bord supérieur des crêtes commencent à se détacher des tourbillons d'embruns, l'écume est soufflée en très nettes traînées orientées dans le lit du vent. » Description officielle de l'état de la mer par force huit, échelle Beaufort. Dieu merci, le courant n'est pas encore contre nous, sinon ce serait sans espoir. Entre deux grains, on aperçoit au ras de l'eau l'île de Beniguet à trois milles à peine. Toute plate, parfois grise, parfois verte, parfois toute blanche. Le vent est au noroît, la mer est encore à l'ouest. La marée basse nous aide : les hauts-fonds dressent leur barrière de rochers noirs en dents de scie qui cassent l'élan des lames. Le hurlement du vent et de la mer est assourdissant même à l'intérieur. Les chocs secouent. Les vitres vibrent. Les lumières tremblent. Le bateau râle. Force huit est bien dépassé. Août et moi nous nous sommes pris par la main. Pourtant, la chaussée d'îlots et de roches découvrantes qui va jusqu'à celle qu'on appelle la Belle Etoile nous abrite encore.

Le patron remonte au vent jusqu'à la Faix puis se laisse tomber sur Molène. La mer du noroît se forme vite, croisant celle du suroît et il faut toucher le môle du Bon Retour avant que le ressac ne rende l'accès au quai trop dangereux pour le bateau et le débarquement impossible pour les passagers. Dans le noir du ciel et de la mer, un rai de lumière perce par instants, et rend un bout de paysage vert très pâle ou même incroyablement blanc, ciel, mer et terre d'un blanc irréel et magique. Puis la fureur obscure reprend. Est-on encore de ce monde ? La vedette touche le môle, les six passagers étaient prêts à sauter, ils sautent, quatre réussissent à monter, déjà le bateau est poussé par les rafales, chasse, se reprend, il va danser au retour sur l'écume. Le vieux court vers son chien, les deux jeunes rient en se passant le gâteau d'anniversaire de main en main, Août et moi en nous tenant par la taille, têtes baissées contre le vent, baluchon et sac sur le dos, nous marchons vers l'unique hôtel de Molène dont la lumière jaune coupée par la pluie nous guide de ses éclats comme un phare très lointain au ras de l'horizon.

A dix-huit heures, le CROSS Corsen a émis un nouveau BMS.

A vingt heures, heure du défi fixé par Décembre pour notre rendez-vous du mois à Ouessant, la météo confirme. Dans le Four, c'était neuf. Rafales force dix. « Les crêtes des lames commencent à vaciller, s'écrouler et déferler en rouleaux. La surface entière de l'eau semble blanche. Le déferlement en rouleaux devient intense et brutal. »

Je suis obligé, maintenant, de reconstituer ce qui s'est passé pour les autres membres du Cercle – puisque je n'ai pas rejoint Ouessant – d'après des récits, des confidences, des allusions. Et parfois d'après le témoignage direct d'Août et ce que j'en ai entendu, puisque nous avons été à plusieurs reprises en liaison téléphonique pour au moins un épisode essentiel de cette soirée dramatique.

Le président Janvier avait pris ses précautions. A-t-il son propre service météorologique ? En tout cas, il déteste être bousculé : un hélicoptère banalisé a dû le prendre délicatement à la sortie du meilleur train et le déposer aussi délicatement à Ouessant. Il était déjà à l'hôtel du Fromveur jeudi soir et la patronne se souvient très bien qu'il avait exigé pour dîner un fauteuil assez large pour y installer son importance. On avait dû fouiller de la cave au grenier. Puis il avait changé deux fois de commande, la carte offrant une option tentatrice entre un menu avec un seul hors-d'œuvre, et un menu avec deux hors-d'œuvre. Par exemple, six huîtres et rillettes de maquereau. La serveuse est formelle : il a exigé douze huîtres et deux rillettes de maquereau. Le vendredi, il n'a pas bougé du fauteuil qu'il avait fait monter dans sa chambre. Pour les repas, on lui redescendait le fauteuil. Je ne comprends pas comment les hôteliers ne l'ont pas mis à la porte en pleine tempête. Les gros font-il pitié ? Ou est-ce leur poids qui leur donne cette autorité ? Ou le ton de commandement et ce qu'on appelait dans l'armée française l'ascendant ?

Quoi qu'il en soit, il était dans son fauteuil pour accueillir au dernier vol de Finist Air, le vendredi matin, trois des membres du Cercle, tout à fait ignorants de la météo mais qui avaient pris de l'avance pour visiter Ouessant. Notre ami Avril, pasteur de l'Eglise luthérienne d'Alsace, s'équipait de la même façon pour toutes les excursions de plein air, comme pour une randonnée dans les Vosges : gros souliers à clous, canne ferrée, loden ample et, sur la tête, un feutre genre tyrolien auquel il s'agrippe de sa main libre. La grâce de Dieu faisait qu'il n'était jamais ridicule. Puis, à la vedette du samedi matin, la dernière à toucher le Stiff quand la mer était encore à l'ouest (la baie de Lampaul donnait une vision de l'enfer, si l'enfer c'est la haine de tout contre tout, tant le ressac y était violent), Septembre et Novembre qui se faisaient des politesses pour passer dans les portes mais ne s'étaient jamais vraiment aimés et encore moins depuis leurs récits. Après le déjeuner du samedi, arriva Décembre. Il était apparemment en pleine escapade amoureuse depuis quatre ou cinq jours, au mouillage de Porz Pol puis dans une maison prêtée par des amis parisiens. Levé tard, il n'était pas de bonne humeur et en trouvant déjà cinq membres du Cercle qui l'attendaient, grommela : « Il y a dans ce cercle de connards cinq connards assez débiles pour avoir répondu à une invitation aussi conne que Ouessant un 18 décembre. » Puis il ajouta : « Six en me comptant. » Ainsi s'engagea une conversation générale fort sympathique, arrosée du rhum maison.

Après le déjeuner, le pasteur Avril réapparut en tenue de sortie pour moyenne montagne et invita chacun à « prendre un bol d'air ». L'air soufflait au minimum à force neuf, rafales force dix. Les terriens emploient facilement le mot de tempête. Les marins sont plus mesurés dans le choix des termes qui classent le déchaînement des éléments. Neuf correspond à « fort coup de vent » et dix seul mérite d'être appelé « tempête ». Décembre a eu beau grommeler : « Il est fou, le pasteur, à neuf on ne tient plus debout contre le vent, à dix les enfants de moins de douze ans s'envolent. C'est officiel », mais Avril a répondu : « Bienheureux les enfants de moins de douze ans. » Et il invite ceux qui l'aiment à le suivre. Février, Septembre obtempèrent. Janvier se tasse dans son fauteuil personnel en sirotant son rhum. Novembre, une couverture sur les épaules, est monté en reniflant s'enfermer dans sa chambre après avoir calfeutré les portes avec le dessus-de-lit. Décembre s'est proposé pour essayer d'avoir des nouvelles des autres membres. Pour le moment, ils sont six à Ouessant et le quorum de sept n'est pas atteint. Janvier s'agite dans son fauteuil. En outre, la patronne de l'hôtel vient lui annoncer qu'il faudra libérer la salle de restaurant au plus tard à vingt heures quarante-cinq : c'est la soirée « cartes ». Des habitués viennent disputer le tournoi permanent de manille coinchée. Nouvelle tempête, à domicile. Janvier refuse d'abandonner son fauteuil. Des émissaires lui proposent de dresser pour lui une table dans la véranda du premier étage. Il ratatine son gros corps dans un mépris hostile. Lampaul, Ouessant, un 18 décembre !

La promenade du pasteur Avril et de ses fidèles a été héroïque et superbe, me racontera-t-on. La côte à l'ouest, du phare de Divinic à celui de Créac'h et au Stiff, n'est qu'un grondement de rage et de fureur, et l'océan, autant qu'on le voit, est blanc. Mais le bruit domine tout. Et la difficulté à respirer. Le sentiment – si on peut en ressentir un quand il s'agit d'abord de ne pas étouffer – est le respect et la peur. Une peur qui poursuit et écrase. De nuit, au retour, alors que les rafales dans le dos les poussent à courir malgré eux, les compagnons d'Avril, le souffle coupé, sentent un froid intérieur qui est une peur supplémentaire, l'impression de ne pas être seuls mais entourés d'ombres dont il est impossible de savoir si elles sont hostiles ou non. Le vent fou apporte avec lui un peuple sans visage, qui vous fait un cortège muet. Le pinceau gigantesque du phare de Créac'h – qui fut longtemps le plus puissant du monde – ajoute à la terreur du ciel et de la mer. Un éclat, il éclaire très au loin sur l'océan la crête monstrueuse d'une déferlante courant à l'assaut de la terre ; un éclat, le mur de granit d'une ferme abandonnée dans la lande ; un éclat, un rocher fantastique à forme de gnome ou de dragon ; un éclat, la nuit elle-même, la nuit privée d'étoiles. Avril est aux anges. Au pied de Créac'h, il a pu visiter le petit musée des Phares et Balises bien que l'heure d'ouverture ait été largement dépassée en montrant je ne sais quel papier officiel tricolore (les ministres du Culte en Alsace sont assimilés au corps préfectoral par le Concordat). Chacun a baissé la voix puis gardé le silence devant l'énorme lentille de

Fresnel, une ruche d'or mystérieuse, un œil gigantesque et profond qui par réfraction multiplie la lumière pour guider au loin les navires. Création de la science pure plus belle que l'art, et les sculptures, et les tableaux, et les écrits sacrés. On n'oublie pas le musée de Créac'h si on y a un jour pénétré ; comme Dieu si on l'a rencontré. Mais Avril corrige doucement ses compagnons impressionnés. « Pas Dieu, dit-il. Le regard de Dieu. »

Dans la véranda transparente, tout plastique, qui chuinte au vent, Janvier s'énerve. La table qu'on lui a apportée est en rotin, comme les fauteuils de style colonial, pour s'harmoniser avec les plantes vertes et le caoutchouc en pot. Véranda oblige. Son chapelet d'ambre ne fait aucun bruit s'il le tape sur la table. Agaçant. Toujours pas de quorum. Contrariant. Aucune nouvelle de six membres du Cercle. Inquiétant. Il interpelle Décembre et lui intime l'ordre, la bouche plus en cul de poule que jamais, de lancer un appel aux membres en retard sur la VHF, la BLU, ce qu'on veut, le CROSS, Radio Conquet, Saint-Lys Radio, il s'en fout, lui il n'est pas marin, que les marins se démerdent. Décembre fait face. Si le quorum n'est pas atteint parce que le coup de vent a trop forci et qu'on ne peut plus atteindre Ouessant, son défi, au lieu d'être merveilleux, devient tout simplement absurde. Décembre utilise avec fermeté la VHF, la BLU, etc. La véranda de l'hôtel du Fromveur bourdonne de conversations décousues de pêcheurs (Ça va ? Ça va. Alors, ça va ? Alors, ça va) entrecoupées de discours en grec, en malais, en norvégien. Et, hélas, de fragments d'appels de détresse :

« Mayday, Mayday » que les opérateurs invitent à basculer sur les canaux disponibles. Mais c'est la patronne de l'hôtel qui gagne. Du bas de l'escalier, elle appelle : « Monsieur Janvier ? On vous demande au téléphone. » C'est moi qui ai réussi à avoir la communication depuis Molène. Ou plutôt Août. Elle a fait le numéro et, entre quelques couinements, elle l'a obtenu. Tranquille. Mais ça ne va pas durer. Lignes surchargées, communications coupées, nous aurons des nouvelles du président Janvier et du Cercle des douze Mois par intervalles seulement. Septembre est descendu prendre l'appareil au bar et me répond.

« Allô ?

— Le président ?

— Le président est en haut de l'escalier. Nous avons un problème de fauteuil. »

Soit je suis tombé sur un asile de dingues, soit c'est de nouveau la guerre et les ondes véhiculent des messages codés du style : « Le sanglier n'aime pas le vermicelle. Nous disons deux fois. »

« Pardon, qui est à l'appareil ?

— Le contrôleur général... Je veux dire Septembre.

— Septembre ? C'est Octobre. Avec Août, nous sommes bloqués à Molène. Impossible d'arriver à Ouessant. Pouvez-vous dire de ma part à Décembre, amicalement et fermement, qu'il est un incorrigible... »

Communication coupée. De nouveau du norvégien. Août refait le numéro à Lampaul. Ça marche.

« Connard, dis-je.

– Quoi ? (Chuchotements, bourdonnements, sifflements.)

– CONNARD. C comme... Charlie... O comme Oscar... »

J'entends la patronne du Fromveur qui intervient.

« Dites, par un gros temps comme ça, il y a peut-être des gens qui ont besoin de la ligne, des gens sérieux. »

J'imagine toutes les dignes joueuses du club « les amies des cartes », qui écoutent aussi, le manillon en l'air.

« Vous ne bougez pas, répond Septembre, on va vous rappeler.

– Et où voulez-vous qu'on bouge ? En partant à la nage ? »

Je ne sais pas si j'ai raccroché ou si de nouveau la communication a été coupée. Tranquille, dit Août. Et elle secoue ses cheveux. Allons nous installer.

Parce que notre installation n'a pas été facile. Le seul hôtel de Molène, *Kastell an Daol*, est plein et encore plus. A cause de la tempête, beaucoup de clients qui comptaient rentrer sur le continent pour le week-end n'ont pas pris les dernières vedettes de vendredi soir et samedi matin. Et au bourg ? En venant du môle, nous avons aperçu entre pluie et embruns le joli arc de cercle de maisons à volets peints en bleu ou vert autour du mouillage. Mais c'est aussi plein chez l'habitant. Et nous sommes là, dans la salle de l'hôtel de Molène décorée de galets des grèves et d'affiches de vedettes de la chanson, ruisselants d'eau, baluchon à la main, demandant au patron débordé : « Vous n'auriez pas une chambre libre ? »

Et le patron débordé nous montre les clients revenus de l'embarcadère sans avoir pu prendre la vedette, avec leurs bagages entassés fumants d'humidité, et le tableau au-dessus du comptoir où il n'y a plus une seule clé, et le téléphone qui sonne (si c'est Septembre ou un autre, il attendra). « Rien. » Il lève les deux mains. « Désolé, rien. »

Alors Août penche légèrement la tête, avance un peu une épaule et dit : « Une seule chambre ? »

Voilà le pouvoir des femmes. Ce ne sont plus deux clients qui cherchent un logement un samedi soir à dix-huit heures sans avoir retenu. Ce sont deux amoureux en fuite, qui ont vingt ans, dont la barque sans voile ni aviron vient de s'échouer à Molène, qui s'appellent peut-être Iseult et Tristan, ou Guenièvre et Lancelot, et que la tempête sauvage poursuit. Le patron lève les mains de nouveau, comme s'il voulait se rendre : « Il ne reste que ma chambre... », dit-il. Août a un bon sourire très tendre sous ses cheveux mouillés et dit seulement : « Merci. » Et maintenant c'est le patron qui demande : « Et moi, où est-ce que je vais aller coucher ? » Août pleine d'attentions : « C'est vrai, ça. Il faut trouver une solution. » Moi, je me tais, je n'ai vraiment rien de mieux à faire que de me taire, mais je crois que j'ai la bouche un peu ouverte. Et Août continue, avec une infinie bonne volonté, de chercher avec le patron de l'hôtel trop plein une solution pour le loger, lui : « Des parents ? des grands-parents ? Non, tout est déjà pris.

Votre frère ? Je m'égare. Un lit de camp chez des cousins ? Le curé. Pas le curé. Le maire ?

– Je me débrouillerai », dit le patron.

Il a pris le sac d'Août, et il nous entraîne dans l'escalier en bois. « C'est là. »

« Un téléphone pour vous », quelqu'un appelle d'en bas. Je laisse Août déballer et prendre possession. Les femmes sont vraiment très supérieures aux hommes. En deux frusques sur une tringle et une brosse à cheveux sur la commode, elles sont chez elles. Le patron m'offre au bar le verre de l'amitié pendant que je prends la communication. C'est bien Septembre.

« Nous ne sommes que six. Manquent Mars, Mai, Juin, Juillet et vous deux, Août et Septembre. Etes-vous d'accord pour considérer que vous êtes présents par télécommunication et que le quorum est atteint ?

– D'accord. »

En fait, je m'en fiche. J'ai la tête ailleurs. Et le cœur. Je suis déjà dans la chambre où Août pose sa brosse à cheveux.

« Merci », dit Septembre. Et nous sommes de nouveau coupés.

A Lampaul, Ouessant, il doit être à peu près vingt heures ce samedi 18 décembre, quand le président Janvier peut enfin taper de son chapelet d'ambre sur la table en rotin et dire : « Huit, le quorum est atteint. La séance est ouverte. Décembre, vous avez la parole pour le récit du mois. » La véranda vibre sous une rafale de tempête particulièrement violente. L'un des Mois me racontera que c'est à ce moment qu'il aperçut au mur, entre quelques reproductions de thoniers, une huile représentant un enfant qui pleure. Dur, Ouessant. Dur d'y vivre, dur d'en partir. Décembre hésite. Le lieu, le temps, rien ne prédispose à l'anecdote. Le clocher de Lampaul sonne longuement. C'est un clocher en gothique breton offert par la reine Victoria en 1897 pour remercier les populations d'Ouessant et de Molène de leur dévouement lors du naufrage du *Drummond Castle* : trois cent quatre-vingt-dix-sept morts, trois survivants. Les Pierres Vertes, à l'entrée du Fromveur, est le pire écueil de l'archipel. A bord du *Drummond Castle*, pour la dernière soirée avant l'arrivée triomphale en Angleterre, le commandant donnait bal. Les noyés étaient en grand uniforme, les femmes en robes longues soie et satin emperlées, les bébés en dentelle. Un journal anglais lança le titre : « L'île de l'épouvante. » Décembre hésite. Est-ce qu'il n'a pas tenté le sort en nous convoquant à Lampaul ? La dame du taxi, qui sait tout et le raconte bien, nous a suggéré de nous procurer au syndicat du tourisme une carte des naufrages à Ouessant...

Les six membres présents du Cercle des douze Mois sont plus ou moins bien installés dans les fauteuils en rotin. Sur la table, cafés consolés. Verveine pour Novembre. Le dîner n'est pas servi en haut et, après les hors-d'œuvre doubles, il a fallu se contenter d'un plat du jour rapide pour laisser la place aux joueuses. Janvier râle. Novembre s'est emmitouflé dans son couvre-lit pour se protéger des courants d'air. Avril, partout à l'aise et chez lui, a accroché son alpenstock au portemanteau.

« J'ai sans doute déjà raconté, dit Décembre, l'histoire du midship anglais qui prend son quart à minuit sur un cargo traversant le Pacifique. Le cargo est sous pilote automatique, la nuit est belle, la mer calme. Le midship sort respirer l'air et se penche sur le bastingage pour examiner le sillage. Un très léger choc, et il tombe à l'eau. Le voici seul dans la nuit, en plein Pacifique, nageant dans le sillage irisé alors que la silhouette du cargo disparaît devant lui à l'horizon, d'abord la masse sombre de la coque, puis les feux de navigation, après le feu blanc de tête de mât. Seul dans la nuit du Pacifique. Le midship calcule qu'il est minuit quinze, que le quart sera relevé à quatre heures du matin, que le capitaine fera fouiller le bateau en ne le voyant pas et, il connaît le capitaine, il donnera l'ordre à quatre heures trente de virer de cent quatre-vingts degrés et de revenir en arrière sur son parcours, même s'il n'y a pas une chance sur un million dans la nuit au milieu du Pacifique de refaire exactement le même tracé et de retrouver l'homme à la mer. Peu importe. Le midship nage toujours. Quatre heures et demi à l'aller. Quatre heures et demi au retour. Il calcule. A neuf heures, le bateau doit être là. A neuf heures, s'il n'est pas là, il se laisse couler. En attendant, il se chante les chansons de sa jeunesse, retrouve ses peurs et ses joies d'enfance, se récite les vers qu'il a appris, se raconte sa vie pour rester en vie. A neuf heures moins cinq, le cargo est là et le récupère. »

Décembre, qui parlait en regardant ailleurs, jette un coup d'œil sur la table : il y a quatre cuillères posées sur les tasses à café. A défaut de verres et de couteaux...

Anecdote exemplaire, certes mais déjà connue. Dehors, la dépression est à son maximum et passe juste sur Ouessant. La soirée s'annonce difficile.

Août et moi, nous avons trouvé avec l'aide du patron de *Kastell an Daol* un coin de nappe à carreaux où placer notre assiette. Sardines beurre, omelette, vin rouge. Les clients bloqués par la tempête saucissonnent, mouchent des enfants, font chauffer des biberons, cherchent du chocolat. La buée couvre les vitres. Parfois on aperçoit le triple pinceau, rouge, blanc, vert, du feu de guidage du port. Un habitué en casquette de la marine marchande nous demande si c'est la première fois que nous venons à Molène. Oui ? Oui. Comme il fait trop mauvais pour sortir, il va nous expliquer Molène à l'intérieur. Je constate, comme à Ouessant, que ce ne sont pas les femmes mais les hommes qui ont tendance à être bavards. Le retraité du commerce nous fait jurer d'aller admirer demain le monument aux morts, le seul de France où le poilu héroïque soit peint en couleurs naturelles, et avec des yeux bleus, des yeux vraiment bleus, superbes. Ça nous arrange, Août et moi, de le laisser parler. Parce que nous ne savons pas quoi nous dire. Ou nous n'osons pas. Et puis le patron nous demande gentiment de dégager la table pour une famille nombreuse qui déballe des sandwichs. Bonne nuit à tous, bonne nuit. Nous voilà dans l'escalier de bois et dans la chambre du patron sous les combles, pas grande la chambre, pas grand le lit. Immense, la couette rouge sur le lit.

A Ouessant, Décembre a changé de ton. « Je vais faire dans l'exceptionnel, dit-il. Je vais vous dire la vérité. A force dix, on ne peut pas raconter. La mer est trop forte pour nous. On peut seulement laisser passer entre les rafales un peu de vérité. Voilà. Il n'y a pas de courses en solitaire. Non. On n'est jamais seul en mer. Jamais. »

Et il boit le fond de son café consolé. Les cinq autres membres du Cercle des douze Mois présents dans la véranda de l'hôtel de Lampaul regardent, écoutent, attendent.

« Voilà, continue Décembre. J'ai gagné l'Atlantique en solitaire, et le tour du monde en solitaire avec escales. Je n'ai jamais été seul. Qu'est-ce que je dis ? Qu'est-ce que vous insinuez ? L'alcool ? En compétition je ne bois que de l'eau. La fatigue, la peur qui font voir des monstres et entendre des voix dans la tempête ? Sans doute. Mais aussi par beau temps, calme plat, dans la sérénité des trois cent soixante degrés d'horizon. Personne d'entre nous n'ose l'avouer : il y avait avec nous à bord quelqu'un qui parfois nous parlait. Parfois même nous réveillait en nous appelant par notre nom quand il y avait intérêt à aller changer de foc ou larguer un ris. J'ai l'air d'un ivrogne, d'un dingue, d'un mythomane ou d'une vieille conne en vous racontant cela ? La vérité, qu'aucun de nous n'ose dire, est qu'on n'est jamais tout à fait seul en mer. Parfois celui qui est avec nous nous aide. Oui, il donne un coup de main pour tourner une écoute ou même tenir la barre. Il a le bon geste naturel, connaît, et mieux que nous. C'est comme s'il avait, lui, déjà vécu ce moment-là, à cet endroit-là. Et ce temps-là, et cette mer-là. Ça aide. Je ne rigole plus, pas ici, ce soir, à Ouessant... C'est comme si nous étions en mer. Un autre l'a écrit avant moi : le plus grand de tous, le premier solitaire autour du monde à la voile, il y a juste un siècle, Joshua Slocum. Est-ce qu'il y a quelqu'un ici qui pourrait nous servir à boire quelque chose d'un peu sérieux ? Bon. Je sens qu'il faut que j'y aille moi-même. Je reviens avec la bouteille et les verres. »

Et pendant qu'il est descendu chercher le matériel, personne dans la véranda n'a dit mot.

« Slocum, sur son petit cotre, est parti de la côte nord-est des Etats-Unis pour un tour du monde en solitaire à la voile, reprend Décembre. Son idée, après avoir traversé l'Atlantique, est de prendre la Méditerranée, le canal de Suez, l'océan Indien pas trop au sud, Australie, Nouvelle-Zélande, Pacifique et le cap Horn dans le bon sens, vent portant. A l'entrée de Gibraltar, il est pris en chasse par un corsaire barbaresque sorti d'un port marocain. Oui, il y a cent ans, on rencontre encore des pirates barbaresques. Slocum n'est pas de taille à se défendre. Il tient un raisonnement de marin : avec sa voile latine, le pirate n'est pas bon contre le vent. A louvoyer, en tout cas moins bon que lui. Et Slocum vire pour remonter le vent, laissant le pirate loin derrière lui. Mais comme la chasse a duré tout le jour, à la nuit Slocum se dit qu'il serait dommage de refaire une troisième fois la route, et il décide d'abandonner la Méditerranée et de se lancer dans l'Atlantique. Aux Açores, il fait provision de fruits frais. Puis l'Atlantique Sud. Et Slocum est pris d'une très forte fièvre et par un temps qui ne cesse de grossir. Il a amarré la barre, équilibre son cotre à tapecul et s'écroule sur sa couchette. Plus tard, il est réveillé par le bruit du vent et celui du bateau qui tombe dans les creux en gémissant. Dehors, c'est du très gros temps. Slocum se dit qu'il doit se lever et aller régler la voilure, prendre la barre. Avec effort – il grelotte de fièvre –, il arrive à monter les quatre marches qui conduisent au cockpit. Et en haut, il s'arrête. Il voit à la barre un homme barbu, en uniforme espagnol de la fin du XVe siècle. Il ouvre la bouche d'étonnement – sans rien dire. Et l'homme en uniforme espagnol de la fin du XVe siècle, d'un signe de tête, lui fait comprendre que tout va bien, et Slocum redescend les quatre marches et s'écroule sur sa couchette, terrassé par la fièvre.

Plusieurs heures plus tard, il se réveille de nouveau. La mer se fracasse, la voilure bat, le vent hurle, le bateau se plaint de toute sa membrure. Slocum fait un nouvel effort pour s'arracher à son lit. Il faut vraiment que j'y aille, se dit-il. Question de vie ou de mort. Mais dans le cockpit, le gentilhomme du XVe siècle est toujours là. Et cette fois, il parle à Slocum. Il lui dit : "Ne t'inquiète pas. Je connais assez bien ce type de temps, et aussi cette partie de l'océan. Je suis le capitaine Pinçon, celui qui commandait l'une des caravelles qui accompagnaient Christophe Colomb. Passant par ici, j'ai vu ton petit bateau en difficulté. Je me suis dit : Je n'ai rien à faire, je connais, je donne un coup de main, je barre. Tu peux aller te recoucher tranquillement. " Et Slocum, le grand, l'immortel Slocum, le prince des navigateurs solitaires, notre maître à tous, va se recoucher tranquillement. Voilà. Il y a plusieurs explications, comme toujours. Une intoxication alimentaire aux fruits pourris, qui donne des cauchemars très colorés. Soit : c'est matériel. Ou le capitaine Pinçon, XVe siècle, qui se rend utile en passant par là. Pourquoi pas ? Ou, peu importe le nom et le costume, parfois un autre qui sait mieux faire que nous prend notre place et nous aide. Un autre nous-même. »

Des membres du Cercle se sont servi à boire très doucement pour éviter tout bruit.

Brin de toilette dans le couloir. Surprise : Août a une longue chemise de nuit en lin blanc. Si j'avais prévu quoi que ce soit, j'aurais dû prendre un pantalon de pyjama. Nous nous glissons délicatement dans les draps, pour ne pas déranger la couette. Qui a commencé à caresser l'autre, très doucement ? Août me dit : « Alors, petit garçon, on a peur d'aimer ? »

La patronne de l'hôtel de Lampaul frappe sur le vitrage en Plexiglas de la véranda. « Un message pour M. Janvier. » Et elle tend une lettre. « Pour le président

Janvier. A remettre et ouvrir pendant le récit du mois à Lampaul, Ouessant, le 18 décembre à vingt-deux heures, heure précise. »

Janvier tape la table de son chapelet d'ambre, mais il n'a pas besoin de demander le silence. On entend seulement la tempête qui bat les murs et les vitres qui tremblent. Il ouvre l'enveloppe, jette un coup d'œil : « C'est de Mai, dit-il. Enfin un membre qui donne de ses nouvelles. » Puis il lit rapidement, reste un moment la lettre à la main, sa bouche est si serrée qu'elle a disparu, ses petits yeux sont fermés, il respire un peu plus vite. « Message de Mai. A lire à haute voix par le président Janvier pour l'information des membres du Cercle des douze Mois. » Il hoche la tête, joue avec son chapelet, mais ne le tape pas sur quoi que ce soit, sa voix est toute fêlée :

Monsieur le président,
Quand vous lirez cette lettre, j'aurai mis fin à mes jours. Peu importe le moyen. Soyez sûr qu'il sera irrémédiable et que je ne donnerai pas le ridicule du suicide raté, tube de barbituriques et téléphone débranché. Je ne souhaite pas que le préposé des PTT aux réparations découvre mon corps, mort ou vif. Et je ne souhaite pas non plus le coup de pistolet mal ajusté qui laisse aveugle. Mettre fin à mes jours est une décision réfléchie. Il y a longtemps que ce qu'on peut appeler ma double vie me conduisait à m'interroger sur ma vie. La passion qu'a dénoncée Août est réelle et je n'ai cessé de l'éprouver pour de jeunes garçons depuis

plus de quarante ans. Il me semble — après Socrate et quelques autres — que l'amour par la différence d'âge, entre la maturité et la jeunesse, entre l'expérience et la fraîcheur d'âme, vaut bien l'amour par la différence de sexe. Notre société l'admet encore difficilement. Il n'est pas facile de vivre doublement. J'ai toujours caché ma passion, non par crainte d'une condamnation. Seulement celle du ridicule. Et puis, une fois, j'ai donné prise. Oui, Août avait raison, j'ai été pris avec un mineur dans ce qu'on appelle une situation équivoque, dont le propre est qu'elle ne l'est pas du tout, par la police du pays de ma résidence. Ainsi s'expriment les diplomates. La veille d'une visite officielle du président de la République française. Août m'a clairement désigné. Tous les membres m'ont regardé et ont cherché à comprendre. Quarante ans d'une vie double viennent brutalement de s'interrompre. Je suis parti parce que je ne supportais pas leurs regards et encore moins leurs efforts de compréhension. J'ai décidé de ne jamais revenir les affronter. Je ne vois pas d'autre démission sérieuse que la mort. Notre règlement stipule qu'une existence exige pour être évoquée au moins une existence. La mienne n'a que trop duré.

Puis-je ajouter qu'il ne faut en rien en vouloir à Août qui s'est aperçue trop tard de la portée de sa réplique, ni à Novembre, qui l'avait un peu provoquée, ni à Septembre qui le premier se permit d'évoquer un épisode mettant en cause, même indirectement, la vie personnelle de l'un des membres du Cercle. On pourrait accuser plutôt votre présidence qui avait laissé sans déplaisir naître et se dérouler cet enchaînement fatal. Je ne pouvais plus venir aux récits du mois des membres du Cercle, et je ne pouvais plus m'en passer. Cette explication suffit à mon geste.

Veuillez agréer, monsieur le président, l'expression de ma considération.

Janvier plia la lettre de Mai avec soin, la remit dans l'enveloppe, ouvrit sa petite bouche, la ferma, la rouvrit, plissa les yeux, et dit : « Je donne ma démission de la présidence du Cercle des douze Mois. » Silence. Puis le brouhaha des commentaires, des interrogations, des exclamations couvrit même le vacarme de la tempête. La discussion, pour éviter le fond, comme il est habituel, se porta sur la procédure. La démission du président était-elle acceptable sans même savoir si elle était convenable, alors que le quorum n'avait été atteint pour l'ouverture de la séance que grâce à la communication téléphonique d'Août et Octobre bloqués à Molène ? On pouvait ajouter la voix de Mai, dont l'accusation posthume visait plus directement Janvier. Mais vote-t-on à titre posthume ? Oui. Non. Parce que désormais Janvier, blanc comme l'écume de l'océan, ne parlait plus que pour exiger des votes. Un membre dit : « On va utiliser la procédure constitutionnelle allemande de censure. Le président ne démissionnera que si il y a une majorité pour élire un autre président. » Alors un Mois (c'était Février, je l'appris comme le reste plus tard) proposa la candidature d'Août. C'était peut-être de sa part, à l'égard de Janvier qui l'été dernier l'avait blâmé avec ironie, une sorte de revanche, ou de réparation à l'égard d'Août. Je suis sûr que, quand l'idée fut lancée,

personne ne lui attribuait la moindre chance. Ainsi naissent les victoires.

Il fut décidé, en toute logique, de faire voter par téléphone Août et Octobre, puisqu'ils avaient été comptés
dans le quorum. Les plus grandes folies humaines relè-
vent d'abord de la logique humaine. Alors que nous nous
cherchions tendrement entre les draps sous la couette
rouge et que du bout de ses doigts Août calmait mon
anxiété naturelle, sans un mot, parce que l'un et l'autre
nous avions aussi peur de briser d'un mot quelque chose
de magique qui se passait entre nous et que seul le
silence pouvait exprimer, alors le patron nous appela à
travers la porte et dit : « Le téléphone. Message urgent
pour vous. » Et j'y allais.

« Octobre ?

– Oui. Qu'est-ce qui se passe ?

– Je fais court. C'est Avril. Le pasteur. Nous venons
de recevoir un message de Mai. Il s'est suicidé à la suite
de l'incident avec Août.

– Quoi, avec Août ? »

Mais notre conversation est couverte de chuintements
et de sifflements, un fatras de langues étrangères
l'étouffe, puis elle est coupée. J'attends le cœur battant à
côté du téléphone qu'Avril me rappelle.

Le téléphone de nouveau. Je décroche violemment.

« Oui, reprend Avril de sa belle voix grave d'Ecole du
Dimanche. Mai s'est suicidé. Il dit dans sa lettre qu'Août
et Novembre n'y sont pour rien. Ce serait le président
Janvier qui serait fautif. Le président Janvier a démis-
sionné. »

Et de nouveau, dans des aigus assourdissants, le téléphone est coupé. Je crie au patron en désignant le plafond : « Pouvez-vous lui dire de mettre un manteau et de descendre un moment ? » Il fait oui de la tête.

De nouveau le téléphone. Je ne sais pourquoi, c'est un bulletin météo que quelqu'un a dû demander. « Sud-Irlande et Ouest-Bretagne. La très forte dépression de l'ouest-nord-ouest continue à se développer avec tendance à monter au nord... Hectopascals (nombre d'hectopascals inaudible). Vents force neuf, passant à dix dans les grains. Mer très grosse. Prévisions pour journée du 19 décembre. Même type de temps. Avis de tempête du NW force neuf à dix. Mer très grosse. Quelques éclaircies en fin de journée après passage du front principal. Vent force neuf revenant au NW dans la journée du 20. Mer très grosse. »

Le téléphone. La belle voix grave du pasteur Avril.

« Vous êtes là ? Nous sommes quelques-uns à refuser la démission de Janvier si un autre candidat n'a pas la majorité. La candidature d'Août a été proposée pour la présidence. Il a aussi été décidé que vous deviez participer au vote. Pour qui votez-vous, Août ou Janvier ?

– Je vote pour Août. »

Il faut que je crie tant le bruit de la tempête dehors et celui des clients qui s'installent pour camper dans la salle du restaurant couvrent la conversation. Je reprends en articulant :

« Avril ? Vous m'entendez, je-vote-pour-Août.

– Et Août ? »

Août en chaussettes rouges et chemise de nuit de lin blanc qui dépasse d'un vaste ciré jaune (elle a dû l'emprunter, je m'aperçois avec attendrissement qu'il est trop grand pour elle) apparaît au bas de l'escalier. Je lui dis en désignant le téléphone :

« Un drame au Cercle des douze Mois. On vote. Tu votes comme moi ?

— Oui, dit-elle en secouant ses cheveux.

— Août vote pour Août », je crie dans le téléphone.

Et la conversation est coupée. J'explique à Août qui me caresse la joue en disant :

« Tranquille (c'est son mot de la journée), tranquille. Tu es fou, mais je t'aime comme ça. »

Nous remontons dans la chambre. C'est bien plus tard que le patron passera un message sous la porte après avoir discrètement toussé : « Votants huit. Pour Janvier président, quatre voix. Pour Août président, quatre voix. Le règlement du Cercle ne donne aucun privilège à l'ancienneté. » Le président Janvier a demandé de joindre Juillet d'urgence pour départager les votants. « Un officier, même de réserve, doit pouvoir être joint à tout moment. » Puis plus tard, je ne sais plus à quelle heure de la nuit et de la tempête, un autre message sous la porte. « Juillet a été joint au Cercle de la Marine à Brest où il se changeait avant de dîner chez l'amiral préfet maritime. Il a voté pour Août. Cinq voix contre quatre. Août est élue président du Cercle des douze Mois. »

Mais ce message-là, nous ne le découvrirons que le lendemain matin en descendant nous chercher un petit déjeuner. Comme je n'apprendrai que bien plus tard que seuls Septembre, Novembre et le pasteur Avril (« je suis pour l'autorité établie. *Cujus regio, ejus religio* ») avaient pris la défense de Janvier, qui avait été quasiment sommé de voter pour lui-même. Oui, je n'aurai le récit que bien plus tard, quand la nuit et la tempête seront finies. Je me souviens seulement que dans notre lit étroit nous nous étions retrouvés, perdus, retrouvés, Août et moi, et que je l'avais plusieurs fois appelée. Pas Août, non, par son vrai nom, son prénom. Et que la grande couette rouge était tombée par terre.

8

TADJOURA

Dans l'avion Paris-Djibouti, nous sommes neuf membres du Cercle des douze Mois. Manquent Mai, bien sûr, l'élection de son successeur est à l'ordre du jour, Mars, gravement malade. Et Janvier lui-même, qui pourtant nous a invités. A l'embarquement et à l'escale de Djeddah, nous avons évité de commenter les événements du mois dernier. Autrefois, à la table familiale, on ne parlait ni d'argent, ni de politique, ni de religion. Rien de ce qui est trop bas ou trop haut. D'ailleurs, si Janvier n'est pas là, c'est sûrement qu'il a pris de l'avance pour mieux nous recevoir. L'accueil est parfait. Une note dans nos chambres nous fixe le rendez-vous du lendemain « à seize heures au port à main gauche du Yacht-Club. Prendre une laine et des affaires pour la nuit ». Le provincialisme affecté de Janvier ! S'entêter à dire à main gauche au lieu de à gauche comme tout le monde. Et une laine... Passons. Même s'il en énerve plus d'un, on l'a vu lors du vote, nous le respectons tous. Une figure, auraient dit mes parents.

Une longue barque qui fait la navette avec la plage-camping des Sables blancs nous attend. En une petite heure, le clapot de l'alizé aidant, nous sommes à Tadjoura. Nous avons vu s'élever devant nous les chaînes de montagnes ocre et violet où se cache la forêt primitive du Day puis peu à peu se préciser à la côte les bouquets de mimosa des collines et la ville blanche où Rimbaud passa un an à organiser sa caravane d'armes pour le Négus d'Ethiopie. Un môle très court (on mouille sur rade par onze à vingt-deux mètres de fond), la mission catholique aux grandes arcades de palais moresque, quelques têtes de palmier, un minaret de mosquée, des maisons sur la plage, l'enceinte et la tour crénelée du fort, deux autres minarets, d'autres maisons sur la plage où les sambouks sont tirés. Janvier n'est pas au débarcadère. Un gamin rieur nous conduit d'autorité à sa maison. La règle, au Cercle, est de ne jamais discuter le choix du lieu. Janvier nous a envoyé à chacun une carte postale de Tadjoura avec pour tout message : « Chez moi, le 15 janvier. » Bon, nous sommes à Tadjoura, et c'est le 15 janvier. Léger vent frais du sud-est.

La maison de Janvier est en bout d'agglomération, un cube blanc comme les autres. Quelle idée a-t-il eue de s'établir dans ce golfe perdu, en face de Djibouti, dans l'endroit le plus chaud de la planète entre océan Indien et mer Rouge, au bout du monde et un peu après ? Le gamin rieur frappe avec autorité à une porte de bois bleu ottoman. Une vieille femme ouvre et s'incline. Pas de Janvier. Nous entrons. Autour d'un grenadier, un patio minuscule envahi, inondé, écroulé de fleurs, bougainvilliers, pervenches de Madagascar, jasmin, hibiscus, du blanc, du mauve, du rose, et tous les tons de bleu du plus léger au plus sombre, grimpant sur les murs, tombant des toits, courant sur le sol. Qui aurait pu penser que Janvier aimait les fleurs ?

La vieille femme toute ridée nous désigne deux banquettes et trois fauteuils, puis disparaît. Une femme encore très belle apparaît dans un cliquetis de bijoux d'or et nous sert le thé. Elle fait signe à une jeune fille aux yeux vifs qui lui ressemble de nous apporter des plateaux de fruits et de gâteaux sucrés. Impossible de dire qu'on ne nous attendait pas. Nous échangeons des interrogations muettes. La femme encore très belle revient et tend un message à Août. Août nous lit : « Malheureusement, au dernier moment je n'ai pas pu venir. Une tante âgée malade. Vous me pardonnerez si le mois de janvier se passe sans Janvier. Bonne et heureuse année à tous. »

Il se fiche de nous, ou quoi ? Cette expédition à Tadjoura la mystérieuse n'avait d'autre sens que de répondre à son invitation. Et il nous pose un lapin ! Jamais aucun de nous ne l'a entendu parler d'une tante ou d'un quelconque autre parent. Janvier est le type d'homme à être né fils unique et orphelin. Et tous ensemble, nous éclatons. Où allons-nous coucher ? Pas ici, la maison est minuscule. Une tante malade ! Il aurait quand même pu trouver mieux, une crise au Proche-Orient ou un attentat spectaculaire à New York, quelque chose de convenable. Qui va faire le récit du mois ? Quand part le prochain avion pour la France, trouvera-t-on des places ? Mais existe-t-il un téléphone ? Où peut-on se laver les mains ? Les trois femmes afars nous écoutent sans rien dire, nez mince, œil noir, port de tête reine de Saba. Comprennent-elles le français ? Qui sont-elles ? La maîtresse cachée de Janvier ? Un amour de sous-lieutenant quand il était méhariste dans le secteur ? Aimait-il la vieille, sa fille, ou la petite-fille ? Les trois ont pris notre service en main et glissent autour de nous en silence. Des assiettes bleu de Chine, rare. « Il aime donc aussi la porcelaine ? » La prière du muezzin passe dans l'air comme un lent oiseau des tropiques. Avec le soir, le parfum des multiples fleurs monte du patio. Par un coin de fenêtre, on aperçoit le bleu-violet des montagnes lointaines. Par un angle de porte, tout près, les bleus intenses de l'océan Indien, l'outremer, le Prusse, le Windsor, le cobalt, le Nattier, le roi, le turquoise, l'indigo, qui rejoignent celui des montagnes. La soirée semble bleue comme les yeux d'Août et la nuit est bleu nuit.

Dînons, puisque nous sommes invités à dîner. Août a pris les choses en main. De temps en temps, elle secoue ses cheveux. Elle est vêtue de kaki officier comme aimait à le faire Julius Gross. Pour la première fois, elle qui ne portait jamais de bijoux, elle a au cou un collier de grosses perles en lapis-lazuli. Parfois, d'un geste de la main, elle invite un membre du Cercle à s'exprimer et à son poignet tintent très doucement deux fins bracelets d'argent. Elle dit : « Il n'y aura pas de récit du mois. Mais rien n'interdit de reprendre du poisson. » Le poisson, un mérou, a dû être pêché devant nous il y a une heure. Il y a aussi des brochettes de thazard, des tranches de carangue et de dorade coryphène. Du citron, du sel, de l'huile. La plus jeune des trois dames afars apporte, d'on

ne sait où, un vin blanc frais, un vin rouge agréable.
Buvons. Oublions Janvier. En fait, nous ne parlons que
de lui.

C'est clair, il a pu supporter de n'être plus président,
mais pas d'être présidé, et encore moins par Août pour
son récit du mois. Est-il possible qu'il ait craqué au
dernier moment ? Et pourquoi nous avoir laissés venir à
Tadjoura ? Peut-être souhaitait-il que nous connaissions
tous ce qu'il aimait secrètement. Il est très attaché à la
corne de l'Afrique et aux environs du golfe d'Aden où il
a servi plusieurs fois dans des missions dont la presse ne
parle pas. Au Dhofar, en Erythrée, à Djibouti, en
Ethiopie, dans Mogadiscio à feu et à sang. Guérilla ici,
échanges de prisonniers là, libération d'otages ailleurs.
Quant aux trois dames, s'il était amoureux de la grand-
mère, de la fille ou de la petite-fille, et si l'une est sa fille,
peu importe. Lord Knowland disait : « L'inceste, ce n'est
pas grave tant que ça ne sort pas de la famille. »
Repassez-moi plutôt une tranche de coryphène.
Novembre remarque : « Quel personnage ce Janvier !
Etre là sans être là, c'est bien lui. Est-ce que vous savez
qu'il a un jour été capturé en Ethiopie, où il était clandestinement, et atrocement torturé ? C'est l'époque où
Amnesty International avait abandonné toute aide aux
prisonniers politiques à Addis-Abeba.

– Je me souviens, dis-je. J'y ai été en reportage et j'ai
eu au retour une assez dure discussion avec le secrétaire
général. Il m'a répondu : "Nous avons essayé notre
méthode de 'patronage' international des prisonniers.
Tous les prisonniers politiques dont nous avons cité le

nom ont été étranglés le jour même dans leur cellule. Un fil de fer autour de la gorge serré lentement avec une pince." Quant à Janvier, il a été finalement libéré dans un troc triangulaire qui impliquait deux autres pays africains, l'Angola et la Sierra Leone. Allez comprendre. Mais il avait tenu bon cinq mois. Aux coups de crosse et de fouet, aux menaces, aux injures, à l'obligation de manger sa merde, de boire l'urine des autres détenus, aux simulacres d'exécution, aux coups, encore aux coups, à la souffrance et au désespoir, comment avait-il pu répondre ? En riant. Oui. Le gros Janvier à la bouche en cul de poule et aux costumes trop serrés. Aux questions, aux tortures, il répondait en riant, rien d'autre. Toute la prison le sut bientôt. Et quand Janvier commençait à rire, de son rire clair, un peu haut perché, les mourants et les condamnés à mort retrouvaient leurs dernières forces pour rire avec lui. Un geôlier et un bourreau, face à un prisonnier qui hurle, qui pleure, qui insulte, qui supplie et même un prisonnier qui se tait, ils savent faire. Mais face à un prisonnier qui rit ? »

Aucun de nous ne chercha plus ce soir-là à savoir qui était Janvier et pourquoi il n'était pas venu. Silence. Autour de la Table ronde personne n'osait s'asseoir sur le Siège périlleux. Un des membres du Cercle a été tué par le Cercle. Raconter la vie est trop dangereux pour la vie. Est-ce la fin des Temps aventureux ?

« Les dédoublements de personnalité sont toujours très intéressants, dit Février qui cherche un peu lourdement à changer de sujet. Décembre en a évoqué, après

Slocum, un exemple maritime. Connaissez-vous l'histoire que raconte si bien Lenôtre, auteur naguère dans toutes les bonnes bibliothèques ? Le chevalier de Freminville est un jeune officier de marine qui sert à la Martinique. Il est passionné de coquillages. Il collectionne, étudie, note. Il sera le premier à comprendre la nature animale du corail. Justement, il s'est fait porter en canot jusqu'au récif pour prélever quelques spécimens. Un coup de vent imprévu soulève une vague énorme qui le prend, le jette sur les coraux qui le déchiquettent, puis le porte inanimé jusqu'à la plage. Une ravissante jeune fille créole qui se promenait au pied de sa plantation, voit ce beau jeune homme évanoui, le fait porter chez elle, le couche dans son lit, l'entoure de soins et au bout de plusieurs jours le sauve de la mort. Et quand le chevalier de Freminville est sorti de son coma, la vie lui est apparue sous les traits combien charmants de la jeune Caroline... C'est l'amour, immédiat, réciproque, total. Les deux jeunes gens échangent les plus tendres serments. Mais le chevalier de Freminville doit rejoindre son bord. Il promet avant de repartir pour la France de revenir prendre son amoureuse. Le jour dit, elle l'attend avec passion sur la plage. Elle voit le navire défiler au large sans s'arrêter et sans mettre de canot à la mer. De désespoir, elle ira se noyer là où elle avait recueilli son amoureux évanoui. Quand le chevalier – dont le bateau avait dû faire une escale urgente à la Dominique – revient enfin, il trouve la plantation en grand deuil, les esclaves en larmes et dans le lit recouvert de dentelles

blanches son amoureuse, morte, aussi blanche que ses dentelles. Fou de douleur, il manque de mourir aussi...
— Quelle époque, dit entre ses dents Septembre. Je n'ai jamais supporté le romantisme. »

Il faut ajouter qu'il n'a jamais supporté Février non plus, libraire-éditeur régionaliste et terroriste amateur. Mais d'un signe des paupières, Août lui demande de continuer.

« On le sauve, et il reprend sa carrière d'officier de marine et sa vocation de conchyliologue distingué. Seulement, il pense de plus en plus à Caroline. Il a recueilli dans une grande malle tous les objets qu'elle avait dans sa chambre, ses bijoux, ses robes. Et il embarque sur les bâtiments de la marine avec la malle aux souvenirs. Le soir, après son service, il prend les objets en main, les bijoux, les robes. Il les caresse. Il ne veut plus être séparé de son amour. Il refuse sa mort, son absence. Elle n'est plus là ? Alors il va prendre sa place. Ainsi elle sera là. Et il revêt robes et bijoux. Pour qu'elle vive encore. Assez vite, chacun dans la marine connaît sa tendre folie, ainsi que dans diverses sociétés savantes où il a été élu en reconnaissance de ses travaux scientifiques sur les coquillages et le folklore breton. Aux heures de service, impeccable en officier, capitaine de frégate, bicorne et épée au côté. Le soir, soie et mousselines, il se fait annoncer dans les dîners et bals : la chevalière de Freminville. Personne ne sourit, ne fait une remarque, une allusion. Parce qu'il n'y a rien de graveleux ou d'ambigu. Seulement un trop grand amour. »

Février se tait. Tous les membres se taisent. Cette histoire étrange conduit à d'étranges pensées. Janvier aurait-il aimé Août à ce point pour disparaître et lui laisser prendre sa place ce soir ? Difficile à croire. Mais Tadjoura est si loin du monde, le couchant est si bleu, que plus personne ne sait vraiment qui est qui, ni comment, ni pourquoi.

Le roi Arthur, avant de tuer son fils rebelle, a été mortellement blessé par lui. Ses compagnons, dans le brouillard de leurs légendes et la recherche furieuse d'exploits, se sont massacrés entre eux. Où sont-ils, le roi des Iles lointaines, celui de la Terre déserte et tous les rois de la Bretagne bleue ? Sans avoir arraché aucune pucelle à ses ravisseurs, vaincu aucun dragon crachant le feu, forcé les murailles d'air immobile du château de Morgane. *« Ils n'ont plus rien à raconter »*, note le chroniqueur. Dans le patio surchargé de fleurs et le bleu de la nuit, les membres du Cercle des douze Mois ne savent plus si leurs anecdotes exemplaires ont encore un sens et si leur Cercle est mort ou revit.

Depuis le suicide de Mai et la démission de Janvier, quelque chose s'est brisé. Merlin l'Enchanteur, fils d'un démon et d'une vierge, qui voyait le destin de tous les humains sauf le sien, s'est perdu, demi fou, dans la forêt, et n'est plus que l'Homme Sauvage en qui il aimait se déguiser. Ils se regardent inquiets, ces vieux jeunes gens qui cherchaient à s'étonner les uns les autres. Leur château en carton-pâte d'héroïsme et de mystère vacille. Est-ce qu'ils vont s'évanouir en fumée, leurs personnages de chevaliers errants, le mondain, le pirate, le sage, le puissant, le secret...

« Calme, dit Août. Une soirée calme. Ici, c'est la paix, entre amis, dans la tendresse du soir. Oublions les règlements. Au rencart Gubbins. Parlons tranquillement de nous entre nous. Et pas de vote. » Elle a senti que personne ne souhaitait remplacer Mai tout de suite. Une sorte de deuil discret, sans crêpe au bras. « Nous reportons le vote en février, n'est-ce pas Février ? » Et Février répond : « Oui, Président. »

C'est la première fois qu'on appelle Août par son titre. Elle rit, doucement d'abord, puis plus haut, plus clair, une note ténue, un diamant bleu qui perce la nuit. Janvier riait face à la mort. Août rit d'elle, des autres, au bonheur de ce soir, à la vie. Est-ce par enchantement ? Les membres du Cercle des douze Mois l'applaudissent, en battant des mains et en riant comme des enfants. Août en pleurerait presque et d'un mouvement léger essuie ses yeux bleus. Ses bracelets tintent à peine.

Table

CHEZ LE MÊME EDITEUR

Littérature française

René BELLETTO, *Film noir*

Roger BETEILLE, *Les Fiancés de la liberté*

COLETTE, *Duo*

COLETTE, *Gigi*

COLETTE, *Le Pur et l'impur*

COLETTE, *La Seconde*

COLETTE, *Le Toutounier*

COLETTE, *Les Vrilles de la vigne, La Maison de Claudine, Sido, Mes Apprentissages*

Jean HOUGRON, *Beauté chinoise*

Charles JULIET, *Journal I (1957-1964)*

Georges PEREC, *La Clôture et autres poèmes*

Georges PEREC, *Je me souviens*

Georges PEREC, *Penser / Classer*

Georges PEREC, *Théâtre 1*

Georges PEREC, *La Vie mode d'emploi*

Jacqueline SÉNÈS, *Terre violente*

Jules VERNE, *Paris au XXᵉ siècle*

Cizia ZYKË, *Sahara*

Littérature étrangère

Alex GARLAND, *La Plage*
Traduit de l'anglais par Jeanine Rovet

Alex GARLAND, *Tesseract*
Traduit de l'anglais par Claude Loiseau

Niccolò AMMANITI, *Dernier Réveillon et autres nouvelles cannibales*
Traduit de l'italien par Dominique Vittoz

Isabella BOSSI FEDRIGOTTI, *De bonne famille*
Traduit de l'italien par Danièle Valin

Giulio MOZZI, *Bonheur terrestre*
Traduit de l'italien par Alain Sarrabayrouse

Enrico PELLEGRINI, *La Négligence*
Traduit de l'italien par Nathalie Bauer

Ermano REA, *Mystère napolitain*
Traduit de l'italien par Frank La Brasca

Lalla ROMANO, *Tout au bout de la mer*
Traduit de l'italien par Jacqueline Risset

Benjamin PRADO, *Ne serre jamais la main d'un tueur gaucher*
Traduit de l'espagnol par Claude Bleton

David TRUEBA, *Ouvert toute la nuit*
Traduit de l'espagnol par Thomas Gomez et Christina Gallardo

Libuše MONÍKOVÁ, *La Nuit de Prague*
Traduit de l'allemand par Nicole Casanova

Raoul SCHROTT, *Finis Terrae*
Traduit de l'allemand par Nicole Casanova

Hans-Ulrich TREICHEL, *Le Disparu*
Traduit de l'allemand par Jean-Louis de Rambures

Martin WALSER, *La Guerre de Fink*
Traduit de l'allemand par Michel Cadot

Contes

Contes de l'Egypte ancienne
Traduit de l'égyptien ancien par Pierre Grandet

Contes inuit du Groenland, d'après Knud Rasmussen
Traduit du danois par Jacques Privat

Contes talmudiques
Traduit de l'hébreu par Gérard Haddad

Impression réalisée sur CAMERON par
BRODARD ET TAUPIN
La Flèche
pour le compte des Éditions Hachette Littératures
en juillet 1999

Imprimé en France
Dépôt légal : 6872, juillet 1999
N° d'impression : 6070W
ISBN : 2-01-235530-7
23-63-5530-07-3